Bestemming Bonaire

Linda van Rijn

Bestemming Bonaire

Literaire thriller

uitgeverij marmer

Hoofdstuk 1

De woorden kwamen binnen als in een vissenkom. Gedempt en vertraagd, alsof ze ze daardoor nog even niet zou hoeven horen. Saar Rietberg staarde naar de mond van de dokter: witte tanden, lippenstift die bijgewerkt moest worden, kleine rimpeltjes rond de mondhoeken waarin het rood zat opgehoopt. De mond bewoog nog even en sloot zich toen. Saar verplaatste haar blik naar de donkere ogen, die meelevend stonden. Professioneel invoelend, zoals dat waarschijnlijk hoorde bij een slechtnieuwsgesprek. De stilte die nu viel, was vast ook behandeld in het college 'hoe vertel je mensen iets wat ze niet willen horen'. Vermoedelijk was het de bedoeling dat Saar nu een reactie zou geven, maar de woorden die net waren uitgesproken, zweefden nog rond buiten haar vissenkom en zo wilde ze het laten. Gek genoeg voelde ze wel haar keel dik worden. Toen ze knipperde, liep er een traan over haar wang naar beneden. Ze keek verwonderd toe hoe die zijn weg eindigde op het gelamineerde bureau van de arts. Opnieuw richtte Saar haar blik op de donkere ogen van dokter Loevensteijn, waarin ze de afgelopen drie jaar zo vaak had gekeken. Over het bureau schoof de arts een doos Kleenex naar haar toe. Saar staarde ernaar, maar er een zakdoekje uithalen leek opeens een onmogelijke opgave. In plaats daarvan verplaatste ze haar blik maar weer. Eerst naar de witte jas van de arts, daarna naar de piepjonge coassistent die op een krukje achter zijn leermeester zat en zijn gezicht ook al had geplooid in medeleven. Wat deed dat joch hier eigenlijk, wilde ze vragen. Maar ze herinnerde zich dat ze zelf met zijn aanwezigheid had ingestemd.

Haar blik gleed verder. De zwarte archiefkast achter de dokter, een poster waarop een informatieavond werd aangekondigd die inmiddels al was geweest. Het computerscherm op het bureau van de arts en de twee pennen met logo's van farmaceuten die naast het toetsenbord lagen. Er zwierf een paperclip rond, afkomstig uit het mapje waarin haar dossier zat. De arts had haar handen op die map gelegd, de map zelf was gesloten. Ze had nette nagels. Kortgeknipt, ongelakt, schoon. Saars blik bleef hangen bij een trouwring die er nieuw uitzag.

Het was Nieks stem die haar terughaalde in de werkelijkheid. 'Maar als jullie niet weten wat er mis is, dan kan het toch nog?' vroeg hij, met in zijn toon dezelfde wanhopige teleurstelling die zich in rap tempo door Saars hele lichaam verspreidde maar waar ze zich nu juist zo graag tegen wilde verzetten. Ze kon het gevoel nog niet aan.

De arts gaf antwoord. De vissenkom was verdwenen en deze keer kwamen de woorden wel binnen. Een voor een, als harde klappen op Saars blote huid. 'We zijn aan het eind van onze mogelijkheden. We hebben alle onderzoeken gedaan die we konden doen en de behandelingen uitgevoerd die we konden uitvoeren. Helaas zonder resultaat.'

Dit hadden ze besproken, al was het toen nog een uiterst 'wat als'-scenario geweest. Wat als het niet lukt en we door de pogingen heen zijn? Stoppen, hadden ze allebei als antwoord gegeven. Voor vele duizenden euro's uitwijken naar het buitenland waar de beloftes wel, maar de kansen niet groter waren dan in Nederland, was voor hen allebei geen optie.

Niek schudde zijn hoofd. 'Maar wat is dan de verklaring? Er moet toch een verklaring zijn?'

Dokter Loevensteijn hield haar hoofd schuin. Haar donkere paardenstaart veerde mee in de beweging. 'Ik begrijp dat dit een verre van bevredigend antwoord is, maar bij een klein percentage van de stellen kunnen we gewoon geen verklaring geven. Jullie zijn beiden gezond, we kunnen geen oorzaak vaststellen voor het uitblijven van een zwangerschap. Maar toch word je niet zwanger, ook niet als we de natuur proberen te helpen.'

Niek vroeg nog meer, maar rond Saars hoofd begon de vissenkom weer langzaam op te trekken. Ze liet het gebeuren. Ze wilde de woorden niet horen, het definitieve einde, het medeleven dat erin besloten lag. Alsof je daar iets aan had. Ze wilde hier niet zijn, niets meer horen. Op dit moment wilde ze maar één ding: naar huis. Met een ruk stond ze op. De ogen van de arts bleven maar begrijpend staan. Saar wilde iets zeggen, maar ze wist niet wat. Met snelle passen beende ze de kamer uit.

Ze staarde naar de klok, 21.40 uur. Zeven uur en twintig minuten waren verstreken sinds de afspraak in het ziekenhuis. In haar hoofd was een tellertje gaan lopen dat geen enkele zin had, maar zich ook niet liet uitschakelen. Hoe langer het tellertje liep, hoe leger ze zich voelde. Alsof het doordringen van het besef haar langzaam steeds verder uitholde. Als je de hoop kwijt bent, ben je alles kwijt. Het waren haar eigen woorden, nog niet zo lang geleden, vlak voor hun derde ivf-poging. Haar moeder had geknikt. 'We raken de hoop niet kwijt', had Saar bekrachtigd. Maar dat was precies wat er nu was gebeurd. Positief blijven, ook zo'n cliché dat ze maar al te graag in het rond had gestrooid. Het leek nu een onmogelijkheid. Er was niets meer over om positief over te blijven.

Zes iui-behandelingen, drie keer ivf, drie keer icsi – allemaal zonder resultaat. De vergoeding van de verzekering stopte. Maar als dokter Loevensteijn, hun fertiliteitsarts, een list verzon, konden ze wellicht nog drie pogingen krijgen. Saar had het helemaal uitgezocht: de verzekering zou misschien opnieuw pogingen vergoeden als de situatie veranderde. De situatie, die al die tijd nogal summier kon worden omgeschreven met altijd maar dezelfde woorden van de arts: 'geen verklaring'. Als de arts uiteindelijk toch een oorzaak vond, was de situatie anders. En zouden ze opnieuw kunnen beginnen met ivf. Loevensteijn had het zelf gezegd, een tijd geleden: 'Zolang we niet weten wat er aan de hand is, is alles mogelijk.'

Alles is mogelijk. Saar had de woorden in zich opgezogen, ze opgeblazen tot de waarheid en de enige waarheid. Daarbij had ze, dat realiseerde ze zich inmiddels, het eerste deel van die zin maar een beetje genegeerd. Je had immers iets nodig om je aan vast te klampen. Natuurlijk is het mogelijk. Waarom niet? Ze waren jong, gezond, vitaal. Dat dat randvoorwaarden waren voor een zwangerschap en geen rechten, dat wist ze heus wel. Maar als je iets zo graag wilde, was het soms moeilijk om de ratio altijd maar voorop te stellen. Ze verdienden gewoon een kind, dat had ze in het begin zo vaak tegen Niek gezegd. Niet meer of minder dan een ander, maar net zoveel. Het frustrerende was alleen dat de natuur zich niet liet leiden door eerlijkheid of gelijkheid, zelfs niet door redelijkheid. Daar was ze inmiddels wel achter gekomen. De laatste tijd dacht ze daarom al niet meer in termen van verdienen, of eerlijk. En na vandaag helemaal niet meer.

'Wil je ook?'

Niek stond bij het aanrecht en zette een kopje onder het Nespresso-apparaat. Saar schudde haar hoofd. Ze hoopte dat Niek bij haar kwam zitten, maar stelde die vraag niet. Hij wachtte tot zijn koffie gezet was en nam weer plaats achter zijn laptop aan de eettafel. Saar voelde een onredelijke irritatie opkomen. De hele tijd die stomme computer. Ze wist niet eens wat hij daar deed. Werk, waarschijnlijk, zijn favoriete afleiding.

Ze staarde naar hem en had alweer spijt van haar ergernis. Voor hem was het net zo erg als voor haar. En ze kon hem niet verwijten dat hij geen rekening met haar hield. Na de afspraak in het ziekenhuis waren ze samen door een kletsnatte en ijskoude herfststorm naar een koffietent gelopen. Daar hadden ze een hele tijd gepraat. Niek kon soms zijn gevoel diep wegstoppen, maar die middag was hij heel open geweest. Daar was ze blij om. Maar sinds ze thuis waren, was hij stil. Alsof alles gezegd was, al was dat voor haar gevoel nog lang niet zo. Of misschien moest ze wat al was gezegd, nog talloze malen herhalen om het dan pas te kunnen accepteren.

Ze keek naar haar vriend. Hij had de lamp boven de eettafel uit gelaten en het witte licht van zijn scherm straalde hard af op zijn gezicht. Net als zij was hij vierendertig, maar in dit licht leek hij ouder. Bijna tien jaar samen. 'Sorry dat ik je geen kind kan geven', had ze vanmiddag gesnikt. Hij was bijna boos geworden. 'Ik wil niet dat je dat zegt', had hij geantwoord. 'Praat jezelf nou geen schuldgevoel aan, jij kunt er niets aan doen. Niemand kan er iets aan doen.'

Hij had gelijk, maar toch voelde het zo. Met een andere vrouw zou hij misschien wel een kind kunnen krijgen. En zij met een andere man ook. Ze moest zo eerlijk zijn om toe te geven dat die gedachte al door haar hoofd was gegaan. Snel had ze hem weggedrukt. Ze wilde helemaal geen andere man.

Ze knipperde een paar keer en wreef met haar handen over haar voorhoofd om haar gedachten te stoppen. Haar telefoon maakte een geluid en ze keek naar het berichtje dat binnenkwam. Het was van haar moeder die in de familie-app vroeg hoe het met haar ging. Meteen kwam Mia, haar schoonzus, erachteraan. *Ik denk de hele tijd aan jullie,* schreef ze. Emile, haar broer, stuurde een blauw hartje. Saar las de berichtjes en liet haar duim boven het toetsenbord zweven, maar uiteindelijk stuurde ze niets terug. In plaats daarvan opende ze de Facebook-app in een poging haar gedachten te verzetten. Een van de werkneemsters in haar sportschool had wat links gedeeld. Een nieuwe opkomende sport in Engeland, een artikel over het belang van een coolingdown en iets van een Amerikaanse site over de zin en onzin van sportdrank. Ze klikte de sites aan, maar kon zich er niet toe zetten om de artikelen te lezen.

Vanmiddag had ze Inge, haar rechterhand, gebeld om te vertellen wat er was gebeurd. Ze had gezegd dat ze er de rest van de week niet was en Inge had gelukkig meteen aangeboden meer te werken. Ze was haar dankbaar. Als eigen baas was het niet zo makkelijk om je ziek te melden en er zou vast werk blijven liggen, maar ze kon zichzelf er echt niet toe zetten morgen aan het werk te gaan. In de sportschool moest ze opgewekt, positief en klantgericht zijn en dat zou ze nu niet voor elkaar krijgen.

Ze scrolde verder. Een paar nieuwsberichten, haar buurvrouw die in de besloten wijk-groep vroeg of iemand een boor te leen had, twee vriendinnen van vroeger die samen uit eten waren en een foto deelden van hun nagerecht. Saar haalde diep adem. Het was alsof de leegheid van de berichten de leegte in haarzelf benadrukte. Ze wilde haar telefoon wegleggen, maar uit automatisme scrolde ze verder. Daar had ze vrijwel meteen spijt van. Haar oud-klasgenootje had veel werk gemaakt van de foto. Schoenen van haarzelf en haar man gefotografeerd met daar tussenin een paar mini-Adidasjes. De uitgerekende datum stond op de foto en er waren allemaal ballonnen. Het deed letterlijk pijn toen Saars maag ineenkromp. Ze slikte een paar keer. Als ze haar gedachten had willen verzetten, was dat nu definitief mislukt. Vanuit haar buik voelde ze dat het gevoel zich weer verspreidde. De diepe teleurstelling, de leegte die zo groot was dat hij alles innam. Ze tikte de likeknop aan, omdat dat nou eenmaal was wat je deed op Facebook. Daarna legde ze haar telefoon aan de kant. Starend naar het toestel op de bank, voelde ze tranen opwellen in haar ogen. Geen charmante tranen, die zich lieten wegpinken. Maar dikke tranen die al snel overgingen in een stortvloed aan vocht en snot. Snikken die vanuit haar buik kwamen en haar hele lichaam meenamen. Niet eerder had ze zo gehuild. Het was alsof ze de volle omvang nu pas tot zich kon laten doordringen. Het huilen luchtte niet eens op.

Ze merkte dat Niek naast haar kwam zitten. Zijn arm lag

om haar schouders. Ze liet zich tegen hem aan vallen, hij streelde over haar haar. Ze werd rustiger. Huilen was vermoeiend. Uiteindelijk stopten de tranen. Niek aaide over haar schouder. Ze moest denken aan wat ze al die tijd tegen elkaar hadden gezegd: 'Wat er ook gebeurt, we kunnen dit aan. We hebben elkaar en dat is het belangrijkste.'

Maar dat waren mooie woorden als je nog hoop had. Ze hadden het ook aangekund. Het hele traject, al die onderzoeken, behandelingen, weken van wachten en hoop en dan toch weer die teleurstelling als een zwangerschap was uitgebleven. Dan hadden ze elkaar erdoorheen gesleept. 'Het maakt ons sterker', hadden ze vaak tegen anderen, en elkaar, gezegd. In het hele proces had ze zich lange tijd meer met Niek verbonden gevoeld dan ooit. Maar sterk zijn was niet moeilijk als je je blik op het doel gericht had. Vaak als ze het even niet zag zitten, had ze zichzelf voor zich gezien met een baby in haar armen. Of met een zwangerschapstest in haar hand. Dan had ze gedacht aan het moment dat ze het aan haar ouders konden vertellen en aan die van Niek. Aan alle bijzondere momenten van een zwangerschap die ze zouden meemaken. Zoveel vriendinnen hadden kinderen gekregen, ze had de zwangerschappen van haar schoonzus van dichtbij beleefd. Was zelfs mee geweest naar echo's. Ze kende alle momenten en kon soms al bijna voelen hoe het zou zijn. Dat had haar op de been gehouden.

Nu was dat weg. Nooit zou ze die momenten meemaken. Die zwangerschapstest zou er niet komen, ze had talloze echo's gehad maar nooit zou er eentje zijn waarop ze gelukzalig naar een kloppend hartje kon kijken, geen groeiende buik, geen schopjes, geen bevalling, geen baby, geen wiebelige eerste stapjes, geen peuter die leerde praten. De namen die ze al jaren in haar hoofd had, zouden ongebruikt blijven. Iets wat je niet had gehad, kon je ook niet missen, had ze weleens gehoord. Maar toch voelde het als een gemis. Afscheid van een toekomst.

'Gaat het?' vroeg Niek en Saar knikte. Hij stond op om water voor haar te pakken en nam daarna zijn plek op de bank weer in. Saar kroop tegen zijn schouder. 'Soms zou ik willen dat we allebei hartstikke onvruchtbaar waren. Dat het zwart op wit stond en dat we ook wisten hoe het kwam. Dan kon ik het misschien wel loslaten.'

Niek knikte. 'Ik kan hier ook weinig mee.' Hij ging verzitten. 'Als je het echt wilt, kunnen we in het buitenland...'

Saar zuchtte diep. Rationeel wist ze dat het een verstandige beslissing was om niet uit te wijken naar klinieken met prachtige advertenties maar net zo weinig of zelfs minder kans dan in Nederland. Dat ze niet door moesten gaan tot ze allebei op waren.

'Ik kan gewoon zo moeilijk door met mijn leven', zei ze. 'Maandag weer in de sportschool komen, mijn leven oppakken in de wetenschap dat dit het is.'

Ze voelde Niek wat verstrakken. 'Dit? Wij samen, bedoel je?'

'Nee, dat bedoel ik niet.' Ergens voelde Saar irritatie over zijn interpretatie. Hij maakte het persoonlijk, dat deed hij wel vaker. 'Ik bedoel niet dat ik aan jou niet genoeg heb, maar er mist wel iets. Dat heb jij toch ook?'

Ze sloeg haar blik neer. Momenten als deze draaiden makkelijk uit op ruzie. Na de eerste ivf-poging was er een tijd geweest waarin Niek niet door wilde gaan. Het ging toch niet lukken, had hij geroepen, en bovendien werd hij gek van de ziekenhuisbezoeken. Saar had maar niet kunnen begrijpen waarom hij had willen stoppen terwijl ze nog meer pogingen konden doen. 'Is je leven met mij dan niet goed genoeg?' had hij haar toen vaak voor de voeten geworpen. Daar kon ze niets mee. Alsof de wens om een kind automatisch betekende dat je partner tekortschoot. Dat waren twee verschillende dingen, en dat gold nu nog steeds. Haar teleurstelling had niets met hem te maken.

Terwijl ze in haar hoofd probeerde een zin te formuleren om dat uit te leggen, voelde ze tegelijkertijd de energie uit zich wegstromen. Ze was leeg, en zo moe dat ze geen puf had om haar woorden te verduidelijken. 'Laat maar', zei ze schouderophalend. 'Ik weet het ook allemaal niet. Ik wil gewoon...' Ze dacht na, maar wist eigenlijk niet goed wat ze wilde. 'Ik moet mijn gedachten verzetten, maar het lukt niet. Alles voelt troosteloos.'

'Wat zouden we daaraan kunnen doen?' vroeg Niek, zijn warme adem in haar haar.

Saar sloot even haar ogen. Toen ze ze weer opendeed, keek ze naar de gesloten gordijnen. Helemaal aan de zijkant, viel een klein streepje licht van de straatlantaarn voor hun huis naar binnen. Verder was het donker buiten. Het was begin november, koud, guur en grijs. Het donker leek eindeloos te duren. Ze was nooit goed geweest in de herfst en de winter en nu al helemaal niet.

'Licht', zei ze toen. 'Dat hebben we nodig. Zon. Warmte. Als we dan toch verdrietig moeten zijn, dan wel op een wit strand met een cocktail in onze hand en onze voeten in de warme zee.'

Tegen haar haar voelde ze Nieks mond krullen in een glimlach. 'Topidee', zei hij. 'In een lekker hotel, graag.'

'Ons spaargeld hebben we toch niet nodig voor een kinderwagen', zei Saar wrang.

Niek haalde zijn arm weg en stond op van de bank. 'Ik ga meteen kijken.'

Samen gingen ze achter zijn laptop zitten. 'Roept u maar, mevrouw', zei Niek lachend. 'Bali, de Malediven, Tahiti – waar wilt u naartoe?'

Ze googelden allerlei bestemmingen en vergaapten zich aan plaatjes van witte stranden en een azuurblauwe oceaan. Saar merkte dat ze zich zowaar beter ging voelen bij het vooruitzicht van een zonvakantie.

'Misschien is dit wel wat', zei Niek, die intussen had doorgeklikt op een ticketwebsite. 'Kijk, de tickets naar Bonaire zijn in de aanbieding. Jij wilde toch altijd nog een keer naar de Antillen?'

'Prima', antwoordde Saar. Ze zei er niet bij dat het haar eigenlijk niet zo gek veel uitmaakte waar ze naartoe gingen, als het er maar warm was. En de aanbieding zag er betaalbaar uit.

'Ach wat, ik boek gewoon.' Niek tastte in zijn achterzak om zijn portemonnee te pakken en haalde zijn creditcard eruit. Saar grinnikte. Dat impulsieve was niets voor hem. Normaal gesproken zou hij eerst avondenlang het internet afstruinen op zoek naar de beste bestemming voor de laagste prijs. 'We moeten iets hebben om naar uit te kijken', zei hij, toen ze er een opmerking over maakte. 'Zullen we twee of drie weken gaan?'

'Moet ik niet eerst even vragen of Inge me wel kan vervangen?'

'Als jij dat doet, ga ik intussen boeken.' Hij fronste. 'Wat maakt het ook uit. We gaan lekker drie weken.'

Saar pakte haar telefoon en appte naar Inge, ook al was de dienst van haar assistent al een paar uur geleden afgelopen. Het antwoord kwam gelukkig meteen: Inge vond het prima.

'Kan jij weg?' vroeg Saar aan Niek, die freelancete als IT-consultant. Hij knikte. 'Ik regel wel wat.'

Op dat moment realiseerde Saar zich dat ze niet eens precies wist waar haar vriend de afgelopen tijd mee bezig was geweest. Ze was zo opgegaan in de laatste icsi-poging en de twee slopende wachtweken daarna, dat ze maar weinig interesse had opgebracht voor de klus waar Niek zich op had gestort. Zelfs nu ze haar hersenen pijnigde, kon ze niet op de naam van de klant komen.

'Even kijken', zei Niek hardop terwijl hij zich een weg door het boekingssysteem klikte. 'Heen in de middag en terug in de avond. Prima, toch?'

Saar knikte. 'Ik ga vast een hotel uitzoeken.'

Ze pakte haar telefoon en ging helemaal op in de mooiste tropische foto's. Vrijwel elk hotel probeerde gasten te lokken met plaatjes van cocktails en vissen in alle kleuren van de regenboog. 'Misschien kunnen we een duikbrevet halen', zei Saar nadenkend. Tot nu toe had ze het alleen bij snorkelen gehouden, maar het leek haar ineens leuk om iets avontuurlijks te gaan doen.

'Goed idee.' Niek knikte, maar zijn aandacht ging naar zijn computer. Even later knikte hij tevreden. 'Zo, de tickets zijn geboekt. Over vijf dagen zitten wij op Bonaire.'

Saar grinnikte, nog steeds wat overrompeld door hun spontane actie. 'Dan mag ik wel voortmaken met dat hotel.'

Het uur daarna besteedde ze aan het aanklikken van de ene accommodatie na de andere. Er kwamen meer appjes binnen. Twee van haar beste vriendinnen die vroegen hoe ze zich voelde. Saar waardeerde hun medeleven, maar toch negeerde ze de berichtjes. Het zoeken naar een vakantiebestemming had haar voor het eerst die dag – en eigenlijk voor het eerst sinds ze een week geleden had ontdekt dat de icsi-poging mislukt was – uit haar poel van ellende getrokken. Een vlucht, misschien, maar voor nu voelde het beter dan het alternatief. Straks zou ze wel antwoord geven, dan kon ze meteen foto's meesturen van wat ze hadden geboekt.

'Ik zou eigenlijk wel een appartement willen boeken', zei Niek toen. 'Ik heb er eentje gevonden met een zwembad, een stuk goedkoper dan een hotel.'

Saar keek op zijn scherm. 'Overtuigd', zei ze meteen. De spontane flow waar ze allebei in zaten, hield nog even aan. 'Boek maar. Het grootste deel van de tijd zijn we er waarschijnlijk niet eens.'

Even later was het geregeld. Niek keek haar aan met een glans in zijn ogen, Saar grinnikte terug. 'Nog vijf dagen, schat', zei hij. 'Dan kunnen we al het gedoe vergeten en eindelijk weer eens genieten.'

'Ja.' Saar knikte en glimlachte, en knikte daarna nog een keer. Ze snapte wat Niek bedoelde, maar op een of andere manier drukte zijn woordkeus haar blijdschap ineens een beetje de kop in. Vergeten... Ze wilde graag uitrusten, maar ook samen verwerken wat ze allemaal hadden meegemaakt.

'Wat?' vroeg Niek, die de verandering bij haar had opgemerkt.

'Niets.' Saar schudde haar hoofd. 'Laat maar. De vakantie zal ons inderdaad goeddoen.'

Hoofdstuk 2

Blikkerig klonk de vrouwenstem door de intercom. 'Dames en heren, zoals u merkt hebben wij de daling ingezet voor onze aankomst op de luchthaven van Bonaire. Wij verzoeken u de leuning van uw stoel rechtop te zetten, uw stoelriem vast te maken en...'

De rest van de woorden gingen langs Saar heen. Ze knipperde een paar keer en wreef over haar voorhoofd. Daarachter had zich een kloppende pijn gemanifesteerd, zoals altijd wanneer ze in een vliegtuig in slaap viel. Ze probeerde te bedenken hoe lang ze had geslapen, maar wist het niet precies. In elk geval was het genoeg om de ellenlange vlucht wat te breken. Er was voor haar gevoel geen eind aan gekomen, maar nu ineens waren ze er.

Naast haar was Niek bezig zijn spullen te pakken. Ze keek toe hoe hij zijn koptelefoon zorgvuldig opborg in een zakje en daarna in zijn handbagagetas. Zijn boek stopte hij in een ander vak, samen met zijn iPad. Soms wilde ze dat ze meer had van zijn netheid.

'Heb jij je tas nodig?' vroeg Niek, toen hij zijn eigen handbagage opborg in het vak boven hun stoelen. Saar knikte. Ze voelde zich nog steeds duf en vroeg zich af of het te laat was om om koffie te vragen.

Met moeite zette ze zich ertoe om haar spullen in haar tas te stoppen. De rits ging bijna niet dicht en ze moest eraan trekken, hopend dat hij niet zou splijten. Hoe vaak ze zich ook voornam om weinig bagage mee te nemen, ze slaagde er nooit in. Het was ook maar goed dat de grondstewardess bij het inchecken van de bagage een oogje dicht had geknepen, want er zat meer dan een kilo te veel aan spullen in haar koffer. Gisteravond had Niek zuchtend toegekeken hoe ze al haar zomerkleren erin had gestopt, plus vier paar sandalen, haar sportschoenen en een voorraad zonnebrand waar ze waarschijnlijk wel vijf weken mee konden doen. 'Ik ben graag goed voorbereid', was haar simpele reactie geweest. En: 'Van zomerjurkjes word ik blij.'

Dat was ook zo. Alleen al de gedachte dat ze drie weken op slippers en in jurkjes kon lopen, bezorgde haar een vrolijk gevoel. Haar hoofdpijn werd meteen minder.

Niek borg haar tas op in het handbagagevak en Saar klikte haar riem vast. Daarna richtte ze haar blik naar buiten, waar de donkerblauwe oceaan langzaam maar zeker dichterbij kwam. Ze strekte haar nek om te kijken of ze Bonaire al kon zien, maar de zee leek zich uit te strekken in een eindeloos niets. Ze wist niet waarom, maar het beeld vervulde haar ineens met een gevoel van nietigheid en leegte tegelijk.

'We zijn er bijna', haalde Niek haar uit haar gedachten, voor die haar konden bevangen met triestheid. Er zou nog genoeg gelegenheid zijn om triest te zijn, maar nu wilde ze vrolijk blijven. Vanochtend hadden ze een waterkoud en guur Nederland achter zich gelaten om zo meteen te baden in Caribisch zonlicht en dertig graden. Dat op zich was al een reden om vrolijk te zijn.

'O, daar is het!' riep Saar, toen ze ineens een stuk land in het oog kreeg. Het eiland was nog kleiner dan ze had verwacht. Het groene en roodbruine binnenland was omgeven door witte randen en de kleurige huisjes van de hoofdstad Kralendijk waren zelfs vanaf deze hoogte te zien.

'Mooi', zei Niek, die half over haar heen hing om ook een blik van het eiland op te vangen. 'Volgens mij zie ik de luchthaven al.'

Dat luchthaven een groot woord was, merkten ze even later. Het vliegtuig had een draai gemaakt en was toen snel gedaald richting de enige landingsbaan. Nu had het toestel halt gehouden naast het luchthavengebouw en stonden ze op het punt om via de trap naar buiten te gaan. Twee beambten stonden klaar om bij binnenkomst in het luchthavengebouw de paspoorten te checken en te stempelen en daarna kwamen ze vrijwel meteen in de ruimte waar ze de bagage moesten ophalen.

'Wat een schattig vliegveldje', zei Saar grinnikend. 'Weer eens iets anders dan Schiphol.'

De koffers waren er snel en met hun bagage liepen ze naar buiten, naar de balie van de autoverhuur. Er was nog een klant voor hen en terwijl ze wachtten, draaide Saar genietend haar gezicht naar de zon. Ze was blij dat ze haar winterkleren in het vliegtuig al had verruild voor een zomerjurk, want het was zeker achtentwintig graden. De wind hield het echter aangenaam en de warmte in het buitenland voelde sowieso altijd anders dan in Nederland. Droger, minder benauwd. Uit haar handtas diepte ze haar zonnebril op en zette hem op haar neus. Ze haalde haar hand door haar haar. Raar hoe je je alleen door mooi weer al beter kon voelen. Ze keek naar Niek, die nu bij de balie van de autoverhuur stond. Hij had zich ook omgekleed en droeg een blauwe korte broek en een lichtgroen T-shirt met ananassen erop. Zijn stevige kuiten staken onder zijn broek uit en zijn voeten waren gestoken in teenslippers. Ze glimlachte naar zijn rug en voelde ineens een vleug verliefdheid die haar zelf verbaasde. Sinds ze van huis waren vertrokken was er sowieso een vrolijkheid over haar gekomen die ze al een tijd niet meer had gevoeld. Er zat nog steeds een zwaar gevoel in haar dat zich niet zomaar liet verjagen, maar voor nu wilde ze dat niet de boventoon laten voeren. De komende weken zouden ze genieten, van de zon, van elkaar, van even niets hoeven. Dat was het enige waarnaar ze nu verlangde.

'Hier is het.'

Niek stuurde de huurauto een korte, onverharde oprit op en zette hem stil tussen twee grote cactussen. De entree van het kleine appartementencomplex lag verscholen achter een hek. Saar stapte uit de auto en keek verschrikt om toen er een oude vrachtwagen over de weg achter haar denderde. Niek morrelde aan het hek. 'Het lijkt op slot te zitten.'

Saar keek om zich heen of ze ergens een bel zag, maar die was er niet. Ze pakte haar telefoon. 'Zal ik de verhuurder even bellen?'

In de huurbevestiging stond dat ze via het hek het terrein konden betreden en daarna de sleutel van het appartement in een kluis konden vinden. De code daarvoor had Saar in haar telefoon opgeslagen.

'Wacht even.' Niek duwde de klink naar beneden en schopte daarna tegen de onderkant van het hek. 'Het klemt gewoon heel erg.'

Saar kwam naast hem staan. 'Het kan ook wel een likje verf gebruiken', zei ze grinnikend.

'En een drupje olie. Duw jij hier eens tegenaan.'

Even later hadden ze het voor elkaar. Piepend zwaaide het hek open. Niek keek Saar aan. 'Hopelijk ziet het appartement zelf er wat beter uit.'

Saar haalde haar schouders op. 'Ik ben toch niet van plan om hier hele dagen te zitten.'

Het pad achter het hek leidde via de slecht onderhouden tuin naar een gebouw van één verdieping hoog, waar de appartementen zich bevonden. Ze liepen om het gebouw heen. 'O kijk,' wees Saar, 'hier is het zwembad.'

In het complex bevonden zich acht appartementen, die samen een zwembad deelden. Er was niemand, maar op drie ligstoelen lagen handdoeken. Het bad was kleiner dan het op de foto had geleken, maar het helblauwe water zag er aantrekkelijk uit. 'Ik ga zo een duik nemen', zei Saar.

Niek gaf geen antwoord. Hij had de sleutelkluis gevonden en draaide zich om. 'Wat was die code ook alweer?'

Saar maakte haar blik los van het zwembad en las de code voor uit haar telefoon. De kluis ging open en Niek haalde er een envelop uit. 'Gevonden', zei hij tevreden. 'We zitten in nummer acht.'

Aan de buitenkant van het gebouw was een trap en ze vonden het appartement op de eerste etage. Een golf van warmte sloeg hen tegemoet toen ze de deur openden. 'Gelukkig is er airco', zei Niek en hij hoestte een beetje benauwd.

'Het waren wel goede foto's op internet', zei Saar, toen ze in de huiskamer stond. Ze keek om zich heen en grinnikte een beetje. 'Hoe noemden ze dat nou in die beschrijving? Authentiek?'

'Zoiets ja.' In Nieks blik zag ze haar eigen gevoel weerspiegeld. Het appartement was kleiner dan ze had verwacht en zowel het keukentje als de meubels hadden hun beste tijd allang gehad. Op beide leuningen van de leren bank zaten grote slijtplekken en Saar ontdekte een brandgat op de zitting. Twee keukenkastjes hingen scheef. De folie op de kastjes was vergeeld. Saar keek naar het koffiezetapparaat en wist al dat ze daaruit geen koffie wilde drinken.

'Nou ja, het was ook niet zo heel erg duur', zei Niek vergoelijkend. 'En er is airco.'

Op dat moment zette hij de knop van de airconditioning om en vulde een luid gezoem de ruimte. Krakend ging de klep van het apparaat open en een straaltje water liep naar beneden. Het spetterde op Saars voet. 'Hij doet het in elk geval', zei ze in een poging het luchtig te zien.

Ze liep naar een deuropening zonder deur erin en schoof het kleurig geblokte gordijn opzij. 'Hier is de slaapkamer.' Ze opende een andere deur en stond in een kleine badkamer, waar het muf rook. Ze keek even rond, maar het sanitair zag er in elk geval schoon uit. Daarna liep ze terug naar de huiskamer en voegde zich bij Niek, die inmiddels de balkondeur had geopend. Hij keek op zijn telefoon. 'Hier is de wificode', zei hij en stak haar een stukje papier toe.

Saar pakte het aan, maar haar telefoon lag binnen. Ze steunde met haar handen op de reling van het balkon en keek uit over het zwembad en de tuin. Twee ligstoelen waren inmiddels weer bezet en ze hoorde een jonge man en zijn vriendin praten in het Engels. In het zwembad dobberde nog een jongen rond op een luchtbed.

'Zullen we de spullen uit de auto halen?' vroeg Saar, maar Niek reageerde niet omdat hij verdiept was in iets op zijn telefoon. Daarom liep ze naar binnen en pakte de sleutels.

Even later haalde ze haar koffer uit de auto en trok hem over het ongelijke pad naar de trap. Ze liep terug om Nieks bagage te halen en toen ze weer bij de trap kwam, verdween Niek net met haar koffer naar boven. Saar keek verlangend naar het zwembad. Hier in de tuin, uit de wind, kwam de temperatuur met gemak boven de dertig graden uit en de stof van haar jurkje plakte op haar rug.

'Zullen we zo eerst een duik nemen?' vroeg ze aan Niek, toen ze hijgend met de koffer het appartement binnenkwam. De airco was van zoemen overgegaan op een laag brommen, maar de warmte was bij lange na nog niet uit de kamer. Saar hield haar hand voor het apparaat, maar voelde niet de kenmerkende kou. In de slaapkamer was het ook bloedheet.

Niek stond weer op het balkon. 'Raar dat het wifibereik hier beter is dan binnen', mompelde hij, terwijl hij zijn telefoon in de lucht hield alsof hij op die manier meer van het internet zou kunnen opvangen.

'Wat maakt het uit', zei Saar. 'We hebben toch niet echt internet nodig? Ik heb meer zin om lekker te zwemmen en daarna iets te gaan eten.'

'Hm-hm', reageerde Niek, maar hij leek niet te luisteren. In plaats daarvan lachte hij half.

'We hadden misschien beter de reviews kunnen lezen', zei hij, met een snelle blik op het zwembad en de tuin. 'Hier staat dat deze appartementen bijna altijd worden verhuurd aan jongeren en dat het er 's avonds erg luidruchtig is. Ook werkt de airco vaker niet dan wel en komt de verhuurder maar heel zelden opdagen als je erover klaagt.'

'Ah joh', zei Saar, die geen zin had om haar vakantie bij voorbaat te laten vergallen door iets negatiefs op internet. 'Je ziet zo vaak slechte reviews van plekken waar het uiteindelijk heerlijk is. Hoe oud is die recensie? Misschien is er in de tussentijd veel veranderd.'

'Hij is drie weken geleden geplaatst', zei Niek met een veelbetekenende blik.

Saar haalde haar schouders op. 'Nou ja, dan nog. Laten we eerst zelf maar eens kijken. Er zitten vast niet altijd alleen maar jongeren en als ze luidruchtig zijn, kunnen we er altijd nog iets van zeggen. Sommige mensen vinden het ook leuk om zeur-recensies te plaatsen.'

Niek knikte langzaam. 'Je hebt gelijk.' Hij stopte zijn telefoon in zijn zak en keek naar het zwembad, waar het inmiddels druk was geworden. 'Zullen we anders naar Kralendijk rijden en een leuk eettentje zoeken?'

Saar knikte. Hoewel het voor hun biologische klok inmiddels al laat op de avond was, voelde ze zich opvallend fit en wakker. Alsof haar lichaam meteen de Caribische tijd had aangenomen. Het dutje in het vliegtuig had haar goed gedaan.

Ze verlieten het appartement en parkeerden even later in Kralendijk. 'We hadden ook wel kunnen lopen', zei Saar. 'Het is echt heel dichtbij.'

Ze staken over en stonden al snel bij de zee. Er waren diverse restaurants met een terras dat uitzicht bood over de oceaan en toen ze erlangs liepen keek Saar verlekkerd naar de menukaarten die bij de ingang hingen. 'Ik heb trek', zei ze. 'Zullen we gewoon ergens gaan zitten?'

Ze liepen voorbij een klein restaurantje met een kleurrijke gevel. Saar keek op de borden van de gasten die er al zaten en knikte tegen Niek. 'Dit ziet er goed uit.'

Even later zaten ze in een hoekje van het terras, waar de zacht draaiende ventilator het heerlijk koel maakte. Er kwam een ober en ze bestelden twee flesjes Amstel Bright.

Toen ze twintig was, was Saar eens op Curaçao geweest en nog steeds hoorde Amstel Bright voor haar bij de Antillen. Ze had het bier ooit een keer in Nederland gedronken, maar toen smaakte het laf. Het was hetzelfde als zes dozen van die lekkere wijn kopen tijdens een heerlijke vakantie in Frankrijk – als je de sfeer van het Franse land weghaalde, bleef van de wijn meestal bar weinig over.

Razendsnel kwam de ober terug met de drankjes en een mandje brood. Saar sloeg de menukaart open en bestelde een salade. Niek ging voor een hamburger. Toen de ober was verdwenen, viel er een stilte tussen hen. Saar leunde achterover en nam een slok van het koude bier. Nu ze zo ontspannen zat, merkte ze dat ze toch wel moe was.

'Wil je morgen meteen gaan surfen?' vroeg Niek. 'Of liever eerst duiken?'

Saar richtte haar blik op de zee en haalde haar schouders op. 'Het maakt me niet zoveel uit. We kunnen morgen ook eerst een dag naar het strand gaan. We zijn hier nog drie weken, dus tijd genoeg om iets te gaan doen.'

'Ik ben ook wel benieuwd naar de zoutpannen', zei Niek. 'Het schijnt prachtig te zijn, met roze water en flamingo's. En de slavenhuisjes, daar wil ik ook naartoe. En dat park met al die cactussen. Ik las dat je daar echt het gevoel hebt dat je op een verlaten stuk van de wereld bent. Net een filmlocatie.'

Saar grinnikte. 'Je hebt je er goed in verdiept.'

Niek grijnsde. 'Ik had zeeën van tijd toen jij in het vliegtuig lag te slapen.'

Saar leunde voorover en pakte Nieks hand. Ze glimlachte naar hem. Hij legde zijn hand op die van haar en kneep er zachtjes in. Geen van beiden zei iets.

Hoofdstuk 3

Het was stil om haar heen, zoals het alleen onder water stil kon zijn. Links en rechts schoten ze voorbij, visjes in alle kleuren van de regenboog. Haar vader werkte vroeger op een middelbare school, waar in de aula een groot aquarium was. Saar herinnerde zich hoe ze altijd als ze daar kwam, gefascineerd naar de dieren stond te kijken. En nu zwom ze er middenin, in een explosie van kleuren en patronen. Ze richtte haar blik op twee kleine regenvissen die haar nieuwsgierig in de gaten hielden. Een maanvis zwom statig voorbij. Saar bleef zo stil mogelijk hangen en volgde het dier met haar blik.

Plotseling vertroebelde het water. De vissen schoten alle kanten op. Saar keek naast zich en zag twee benen spartelen. Ze tilde haar hoofd op uit het water en spuugde het mondstuk van haar snorkelset uit. 'Je jaagt de vissen weg', zei ze half lachend toen Niek nog een snoekduik nam en haar met zijn armen om haar middel meesleurde.

'Zijn er mooie vissen?' vroeg hij, toen hij haar had

losgelaten en ze naast elkaar in het water dreven. Saar keek naar haar voeten die ze zonder problemen kon zien. De eerste visjes kwamen al terug en zwommen rond haar benen.

'Prachtig', zei ze. 'Je weet echt niet wat je ziet.'

Niek had zijn snorkelset ook meegenomen en allebei verschoven ze hun duikbril naar hun neus. Even later dreven ze naast elkaar met hun gezichten onder water. Niek tikte tegen Saars arm en wees toen met zijn vinger om haar te attenderen op een blauw-geel gekleurde vis, die op een meter afstand voorbij zwom. Saar keek bewonderend naar de prachtige kleuren, die werden versterkt door het zonlicht dat op het wateroppervlak viel.

'Wat is het hier prachtig', zei ze even later, toen ze naast elkaar het strand op liepen, de snorkelsets in hun hand. 'Ik wist niet dat er zo dicht bij de kust al zoveel mooie vissen zaten.'

'Wacht maar tot we gaan duiken', zei Niek. 'Dan weet je helemaal niet wat je ziet. Ik heb gisteren gelezen dat er rond Bonaire meer dan vierhonderdvijftig verschillende soorten vissen voorkomen.'

Saar knikte. Ze hadden besloten dat ze over een paar dagen bij een duikschool zouden aankloppen en dan eerst een proefduik zouden maken om te zien of ze het leuk vonden. Nu ze had gezien hoe veel prachtige vissen er leefden in het water, had ze er alleen maar meer zin in. Rondom het eiland kwam veel koraal voor en ze had al gelezen dat het onderwaterleven vooral daar spectaculair was.

Ze liepen naar hun ligbedjes en namen plaats op hun handdoeken. Niek pakte een tijdschrift en was al snel verdiept in een artikel. Saar staarde naar het water en liet haar gedachten de vrije loop. Ze merkte dat ze moe was. Deels was dat te wijten aan de jetlag, deels aan het feit dat ze de eerste nacht slecht had geslapen. Toen ze gisteravond na het eten in het appartement terug waren gekomen, hadden ze de airconditioning met geen mogelijkheid meer aan de praat gekregen. Saar had een aantal keer naar de verhuurder gebeld, maar de oproep was meteen naar de voicemail gegaan. Uiteindelijk hadden zij en Niek zich er maar bij neergelegd dat het een warme nacht zou worden. Jammer genoeg had de zon de hele middag op het raam van de slaapkamer staan branden en was het er minstens achtentwintig graden geweest. Even hadden ze overwogen om het matras naar de woonkamer te verslepen en daar te gaan slapen, maar dat scheelde hooguit een of twee graden. Zo goed en zo kwaad als het ging hadden ze het kleine slaapkamerraampje zover mogelijk opengezet en waren ze in bed gaan liggen. Saar was moe geweest – door het tijdverschil was het voor haar gevoel al diep in de nacht – en ze was meteen in slaap gevallen. Jammer genoeg was ze een paar uur later alweer wakker geworden en daarna had de warmte haar belet om de slaap opnieuw te vatten. Gelukkig hadden de paar koppen sterke koffie die ze vanochtend had gedronken hun werk gedaan. Ze was vastbesloten om hun vakantie niet te laten verpesten door de tegenvallende accommodatie. Ze had Niek voorgehouden dat ze maar weinig tijd in het appartement zouden doorbrengen en dat de airconditioning heus wel weer gemaakt zou worden. Opnieuw had ze de verhuurder gebeld. Deze keer had hij wel opgenomen en beloofd vandaag nog een monteur te sturen. Niek had willen wachten tot die er was, maar Saar had hem uiteindelijk overgehaald naar het strand te gaan. Het kon wel de hele dag duren en bovendien hadden ze er niets aan om ernaast te staan. 'Maar dan weten we zeker dat de airco het doet als die monteur weggaat', had Niek gezegd. Gelukkig had Saar hem ervan kunnen overtuigen dat het zonde was om een hele vakantiedag door te brengen in een snikheet appartement. In plaats daarvan waren ze naar Sorobon Beach gereden, een van de mooiste stranden van het eiland.

'Dit strand is precies wat je je voorstelt bij een tropisch eiland', had Saar gezegd toen ze waren aangekomen. Allebei hadden ze hun ogen uitgekeken. Het zand was hagelwit, her en der waaide een palmboom in de wind en de zee had precies die kleur turkoois die hoorde bij het bountygevoel. Toen Saar het water in was gelopen, had ze bijna niet kunnen geloven hoe lekker warm het was. En dan te bedenken dat er in Nederland nu natte sneeuw viel en dat iedereen klaagde over de temperatuur die weliswaar rond de nul schommelde, maar gevoelsmatig veel lager lag. Vanochtend was er dankzij het gure herfstweer weer eens een filerecord gesneuveld. Hier op haar strandbedje, uitkijkend over de prachtige zee, had Saar moeite zich voor te stellen dat er ook nog een wereld was waarin het gewoon november en koud was.

Haar telefoon liet een ping-geluidje horen en ze werd uit haar gedachten gehaald. Even keek ze zoekend om zich heen, toen vond ze het toestel in haar strandtas. Ze opende whatsapp. Het berichtje kwam van haar moeder. *Hoe is het, lieverd? Genieten jullie daar? Ik heb iets voor je gevonden.*

Meteen kwam er een tweede bericht binnen, een link naar een website. Saar glimlachte. Al een tijdje waren Niek en zij op zoek naar een leuk huis buiten de stad en haar moeder gebruikte al haar vrije tijd voor het uitleven van haar grote hobby: huizen zoeken op Funda. Saar opende de link en kwam terecht bij een leuke twee-onder-een-kapwoning niet ver van Amsterdam. De vraagprijs van vierhonderdvijftigduizend euro was fors, maar dankzij de overwaarde op hun eigen appartement in Amsterdam-Oost konden ze het betalen.

Saar liet de omschrijving voor wat die was en deed wat ze altijd deed: meteen doorklikken naar de foto's. Opgetogen keek ze naar de lichte parketvloer in de woonkamer en de crème-witte keuken. Dit was precies wat ze mooi vond.

'Hier, moet je kijken.' Saar hield haar telefoon voor Nieks neus. 'Mijn moeder stuurt dit.'

Hij pakte het toestel aan. 'Wat is dat?'

'Een leuk huis.'

Niek knikte en richtte zijn blik op het scherm, maar gaf het toestel al snel weer terug. 'Wel erg duur voor wat je krijgt.'

'Zo is de markt nu eenmaal. We hebben ook veel overwaarde op ons huidige huis.' Saar scrolde opnieuw door de foto's. 'Die tuin is wel erg lekker. Ruimte genoeg voor die jacuzzi die je graag wil.'

Gekscherend hadden ze weleens geroepen dat wanneer ze een huis met een tuin hadden, er meteen een jacuzzi zou komen. Een tijdlang had Saar gedacht dat het een grapje was, tot Niek had gezegd dat hij het eigenlijk wel serieus meende. Hij zag hen al lekker in het bubbelbad zitten, op een zomeravond of juist in de winter wanneer het sneeuwde. Inmiddels was Saar ook helemaal enthousiast over het plan. Ze had zelfs al op internet gezocht naar de jacuzzi die ze wilde hebben.

Niek draaide zich naar haar toe en keek haar aan. 'Wat?' vroeg Saar, toen hij bleef zwijgen terwijl hij duidelijk iets wilde zeggen.

'Lieverd.' Niek slikte en trok met zijn mond, alsof hij het moeilijk vond zijn boodschap te brengen. 'We hebben toch een fijn huis? Een mooi appartement, lekker dakterras, goede locatie in de stad. Als we op de fiets stappen zijn we binnen tien minuten in het centrum, met de auto zijn we met vijf minuten de stad uit.'

Saar keek hem aan. Ze kreeg een gevoel welke kant dit op ging en voelde haar weerstand groeien. 'Maar we willen een huis met een tuin. Buiten de stad.'

'Ja.' Niek knikte en maakte weer die beweging met zijn mond. Het had iets spijtigs. 'Maar waarom hebben we nu nog echt een tuin nodig? Met z'n tweeën voldoet het dakterras ook prima. Ik bedoel, we hoeven er geen zandbak te maken.'

Saar keek hem aan. Waarom moest hij nu per se zoiets zeggen? 'Ik vind een tuin zelf ook fijn', zei ze stuurs, maar ze voelde haar enthousiasme al helemaal wegvloeien.

'Zie het positief', zei Niek. 'Als we niet verhuizen, groeit de waarde van ons huis alleen maar verder. Als we het eenmaal verkopen, verdienen we er nog veel meer aan. Wie weet kopen we dan wel een huis buiten de stad en eentje in het buitenland. We zitten ook niet aan de schoolvakanties vast en kunnen dus elk moment naar Spanje. Of Italië. Of waar je maar wil.'

Saar keek hem aan. Ze voelde dat haar mond openstond, maar het lukte haar niet om woorden te vormen. Niek leek alleen maar meer in zijn eigen idee te groeien. 'We houden allebei van mooi weer. Misschien gaan we na ons pensioen wel in de zon wonen, je weet het niet.'

'Maar ik wil helemaal niet in het buitenland wonen', zei Saar.

'Waarom niet? Je bent dol op Spanje en Italië.'

'Voor een vakantie, ja. Maar niet om er permanent te gaan wonen.'

'Het hoeft niet permanent te zijn. Als je er een huis hebt,

kun je ook een paar keer per jaar een aantal weken gaan. Of alleen in de winter, als het in Nederland niet te doen is.'

Saar wierp een blik op het scherm van haar telefoon, waar het huis op Funda zijn glans al had verloren. Hoe waren ze van een leuk huis ineens beland in een plan van Niek om in het buitenland te gaan wonen?

'Dus je wilt niet verhuizen?' vroeg ze, hoewel Niek zijn punt al duidelijk had gemaakt.

Hij schudde zijn hoofd. 'Het is toch niet meer nodig. Wat mij betreft zitten we in ons huidige huis prima. Er komt niemand bij, dus we hebben ruimte genoeg.'

'Oké.' Saar slikte. 'Daar heb je wel gelijk in', zei ze, hoewel het haar moeite kostte. Ze klikte de Funda-advertentie weg en legde haar telefoon aan de kant. Daarna staarde ze van achter haar zonnebril naar de horizon. Ze had ineens een zwaar gevoel, alsof ze plotseling opnieuw met haar neus op de feiten was gedrukt, al kende ze die feiten natuurlijk al. Ergens wist ze wel dat Niek een punt had. Waarom zouden ze verhuizen naar een huis met vier slaapkamers in een kinderrijke buurt buiten de stad? Wat moesten ze met een tuin en een schuurtje? Zouden ze in die wijk niet alleen maar nog meer merken dat hun kinderwens onvervuld was? Ze kende de wijk niet waar dit huis stond, maar de woning die ze net had bekeken stond er nog geen vijf jaar en dat zou voor de huizen eromheen ook wel gelden. In de gemiddelde nieuwbouwwijk was het aantal jonge gezinnen oververtegenwoordigd. Wilde ze dat wel, wonen tussen zoveel kleintjes?

Waarschijnlijk zou het geen goed idee zijn, al had ze inderdaad eerder tegen haar moeder gezegd dat het feit dat ze geen kinderen zouden krijgen niet betekende dat ze in de stad wilde blijven. Over die opmerking had ze niet lang nagedacht, haar gevoel was gewoon heel sterk geweest. Ze was ook wel een beetje klaar met de drukte, met de zomers waarin je altijd weg moest als je van de zon wilde genieten, met de alsmaar toenemende stroom toeristen.

Saar haalde diep adem. Ze liet haar blik over het strand en de zee gaan. Het witte zand, de turkooizen zee – alles wat haar eerst nog had vervuld met blijdschap, leek zijn magie nu te hebben verloren. Zo ging het de hele tijd. Elke keer als ze zich goed voelde, gebeurde er weer iets en was het gevoel weg. Dan voelde ze zwaarte in haar borst en de leegte in haar buik en leek het alsof ze nooit meer blij zou zijn. Ze had niet veel gelezen in de folder die dokter Loevensteijn nog had meegegeven, maar wel het stukje over het verdriet dat hun te wachten stond. Haar gevoel klopte met wat daar had gestaan, al maakte dat het niet makkelijker.

Ze keek opzij naar Niek, maar die was alweer in zijn tijdschrift verdiept. Opnieuw richtte ze haar blik op de horizon, met haar ogen volgde ze een surfer die een eind op zee zijn kunsten vertoonde. Ze knipperde en voelde een traan onder haar zonnebril door over haar wang glijden.

Het was niet eens dat ze per se buiten de stad wilde wonen, maar ook dit voelde weer als afscheid nemen. Weer een deel van haar toekomst dat anders liep dan ze de afgelopen jaren had gedacht. Gepland. Je moet niet plannen, hoe vaak had ze zichzelf dat niet verteld? Het loopt toch altijd anders dan je denkt. Maar het was moeilijk om jezelf ervan te weerhouden in je hoofd een beeld van je toekomst te schetsen. Het dromen ging vanzelf. Ze slikte, blikte vluchtig opzij en vroeg zich af of Niek dat dan niet had. Het gemak waarmee hij eroverheen stapte dat ze dus geen ander huis nodig zouden hebben, verbaasde haar. Deed zelfs een beetje pijn. Hij bracht het alsof het een voordeel was, alsof ze beiden altijd al weerzin hadden gevoeld de stad uit te gaan en alsof het goed was dat dat hun nu bespaard bleef. Misschien was hij verder in het verwerkingsproces, dat zou kunnen. Maar dat moest dan wel veel verder zijn, want zelf was ze niet in staat om dit als een voordeel te zien. Dan zouden ze over een tijd een hogere overwaarde hebben, nou en? Dan zouden ze ooit een huis in het buitenland kunnen aanschaffen, nou en? Dat was het vervullen van een droom die ze nooit had gehad. Ze kon er geen vreugde voor opbrengen.

'Wil je wat drinken?' vroeg Niek en hij begon zoekend om zich heen te kijken, het onderwerp dat ze eerder hadden besproken al helemaal vergeten. Hij grijnsde. 'Ik heb wel zin in een biertje. In Nederland is het al borreltijd, laten we het daar maar op houden.'

Saar knipperde opnieuw en kon niet voorkomen dat er meer tranen onder haar bril vandaan drupten. Niek leek het niet te merken, maar zocht in de strandtas naar zijn portemonnee. 'Wil jij ook Amstel Bright?'

Saar beet op haar lip en probeerde antwoord te geven, maar haar keel was dik en haar stem weigerde. Ze wilde niet huilen, maar het ging vanzelf. Niek mocht dan ogenschijnlijk geen verdriet hebben, voor haar was het moeilijk om zo snel om te schakelen. Ze slikte moeizaam en toen nog een keer en veegde de tranen weg.

'Weet jij waar mijn portemonnee is?' vroeg Niek, die zijn zoektocht in de strandtas had gestaakt en nu zijn tijdschrift optilde om te zien of hij het ding daar misschien onder had gelegd. 'Ik kan hem nergens vinden.'

Saar keek opzij, maar kon geen energie opbrengen voor zijn vraag. 'Nou?' vroeg Niek. 'Waar is hij? Saar?'

'Ik weet het niet', zei ze met haar hervonden stem, die nog dun en breekbaar klonk. 'Ik heb hem niet gehad.'

'Wat?' Niek keek om. 'Wat is er?'

Saar veegde opnieuw over haar wangen. 'Niks', zei ze, hoewel dat niet waar was. 'Ik weet niet waar hij is.'

'Huil je?'

'Nee', zei ze, en toen, omdat ze niet wist waarom ze loog: 'Ja.'

'Hoezo?'

Saar schudde haar hoofd. 'Het is al over.'

'Vanwege dat huis? Zo mooi is het nou toch ook weer niet?' Niek keek haar aan. Nu ze erover nadacht, wist ze eigenlijk wel waarom ze loog. Omdat onder een zweem van medeleven ook ongeduld op Nieks gezicht was te lezen.

'Nee, niet vanwege dat huis', zei ze. Ze haalde diep adem, slikte een paar keer en kreeg haar normale stem terug. 'Het is gewoon... Het confronteerde me er even mee dat onze toekomst anders zal lopen dan we hadden bedacht.'

Niek hield zijn hoofd schuin en schoof zijn zonnebril naar zijn neus. 'Ja', zei hij toen. 'Dat is zo. Maar ik probeer je ook te laten inzien dat dat niet alleen maar erg is. O, daar!' Bij dat laatste dook hij naar voren en viste zijn portemonnee uit het zand naast zijn strandstoel. 'Ik dacht al dat ik hem vergeten was in het appartement. Misschien niet zo handig als er straks een monteur komt.' Hij schudde zijn hoofd. Hij richtte zijn blik op een kleine strandtent. 'Goed, een biertje dan maar. Ook voor jou?'

Saar knikte en keek Niek na toen hij wegliep. Ze beet op haar lip tot het pijn deed en kneep haar ogen samen. Ze vroeg zich af of hij niet merkte dat zijn houding het op dit soort momenten voor haar juist moeilijker maakte. Als ze er af en toe gewoon even over konden praten, zou ze het makkelijker vinden om zich daarna weer op andere dingen te richten. Als je verdriet geen uitweg bood, verdween het niet vanzelf maar sloeg het naar binnen. Voor haar was ruimte geven aan het verdriet juist een manier om daarna weer te kunnen opvrolijken, maar Niek leek dat maar niet te kunnen snappen. Misschien was dat typisch iets voor mannen.

Ze pakte haar telefoon en schreef haar moeder een bericht terug dat ze het een mooi huis vond, maar dat Niek de noodzaak van verhuizen niet meer zag. Vrijwel meteen kwam het antwoord. Haar moeder voelde zich schuldig en schreef dat ze helemaal niet had nagedacht voor ze de link stuurde. Bovenin het scherm stond de melding dat haar moeder nog aan het typen was en Saar wachtte af voor ze een reactie stuurde. Het duurde niet lang voor het bericht binnenkwam.

Je zult wel erg verdrietig zijn en dat is hartstikke logisch. Ik vind het zo rot voor jullie. Hopelijk kunnen jullie elkaar steunen. Bel me als ik je kan helpen, maakt niet uit hoe laat.

Saar las het berichtje twee keer en kon er niets aan doen dat er alweer tranen in haar ogen verschenen. Ze drupten op het scherm van haar telefoon. Ze voelde zich moe, en niet alleen door de slechte nacht. Moe van het verdriet, moe van het huilen. Ze schoof haar bril naar haar haar en toen ze met twee handen haar tranen wegveegde, prikte het zout van haar handen in haar ogen.

Ze slikte een paar keer, nam een slok water en stuurde toen alleen een smiley die een kus gaf terug naar haar moeder. Daarna legde ze haar telefoon weg, stond op van haar bedje en liep naar de zee. Zodra ze zich in het water liet vallen, voelde ze zich beter.

Toen ze terugkwam bij de bedjes, kwam Niek net aan gelopen. Hij had zijn handen vol met twee flesjes bier en een plastic glas met veel groene blaadjes en een rietje erin.

'Ik dacht dat je wel wat sterkers kon gebruiken', zei hij met een half glimlachje.

Saar deed haar best om ook te glimlachen. Het zou makkelijk zijn om nu geïrriteerd te reageren, te roepen dat ze behoefte had aan steun en niet aan drank, maar daarmee deed ze hem tekort. Hij deed op zijn manier zijn best, dat wist ze ook wel.

'Dank je wel', zei ze, en haar glimlach werd al oprechter. Ze gingen weer op hun bedjes liggen en Niek zette de twee biertjes naast zich neer. 'Voorraadje', zei hij met een grijns toen Saar er verwonderd naar keek. Hij gebaarde richting de bar. 'Ik sprak net een Nederlander die hier woont. Hij zei dat dit echt de beste tijd van het jaar is om het eiland te bezoeken.'

'O ja?' Saar trok haar wenkbrauwen op. 'Maar het is nog orkaanseizoen, toch?'

'Dat is bijna afgelopen en sowieso viel het dit jaar erg mee. Nu is het nog relatief rustig op het eiland, volgende maand is het een stuk drukker. Rond de kerst zijn hier altijd veel toeristen, vooral Nederlanders.'

'Het eiland is sowieso populair bij Nederlanders, volgens mij.'

'Klopt, dat zei hij ook. Hij woont hier sinds een jaar.'

'Hoe is hij hier terechtgekomen?'

Niek haalde zijn schouders op. 'Dat heb ik eigenlijk niet gevraagd. Hij organiseert strandfeesten, vertelde hij. Hij kent hier veel mensen en kan ons in contact brengen met een goede duikschool, als we dat willen.'

Saar knikte en nam een slok van haar mojito. Het drankje smaakte zoet en fris tegelijk en ze nam meteen een tweede slok. 'Dat is een goed idee. Al las ik dat je ook heel mooie snorkeltrips kunt maken. Dat is misschien leuk om morgen eerst te doen.'

'Misschien weet hij ook een goede organisatie die dat doet.' Niek strekte zijn nek om te zien of de man er nog stond. 'Zal ik het vragen?'

Saar knikte, maar toen Niek opstond, zag hij dat de man inmiddels was verdwenen. 'Ik zie hem zo wel weer', zei hij, terwijl hij die kant op bleef kijken. 'Aardige gast, trouwens. Heel relaxed. Dat word je waarschijnlijk wel als je hier woont.'

Saar keek naar de strakblauwe hemel, waaraan heel in de verte een vliegtuig voorbijtrok. Heel even stelde ze zich voor hoe het zou zijn om altijd in de zon te leven.

'O, daar is hij weer.' Niek kwam overeind en zette een paar stappen in de richting van de bar. Toen zwaaide hij even, en een man van halverwege de veertig maakte zich los uit een groepje dat onder een palapa in de schaduw stond. Hij droeg een gebleekte jeansshort met scheuren die er waarschijnlijk bij de aankoop al in hadden gezeten. Daarboven een blauw T-shirt met de afbeelding van een surfplank erop. Zijn haar was te kort voor lang haar en te lang voor kort haar, en in de tijd die hij nodig had om de afstand tussen de bar en hun strandstoelen te overbruggen, haalde hij zijn hand er drie keer doorheen.

'Hoe smaakt je biertje, man?' vroeg hij, alsof Niek en hij elkaar al jaren kenden.

'Heerlijk, het beste drankje bij dit weer. Dit is mijn vriendin.'

'Hai.' De man liep om Nieks stoel heen om Saar de hand te schudden. Die voelde stevig en opvallend koel. 'Ik ben Toine.'

'Saar.'

'Geniet je een beetje van je vakantie?'

'O ja.' Ze knikte en glimlachte. 'Het is hier heerlijk.'

'De winter is de beste tijd om Nederland te ontvluchten. Zijn jullie hier zomaar, of is dit een huwelijksreis?'

Zijn directe vraag overviel Saar, maar Niek gaf antwoord. 'Saar en ik vieren het leven', zei hij, met een poëtische inslag waarop ze hem niet eerder had kunnen betrappen. Ze fronste, maar het gebaar ging dankzij haar zonnebril aan de twee mannen voorbij.

'Proost', zei Toine, met een knikje in de richting van haar drankje. 'Sandro die hier achter de bar staat, maakt de beste mojito's van het eiland, als je het mij vraagt.'

'Hij is erg goed', zei Saar met een glimlach en ze hield haar plastic glas in de lucht als antwoord op zijn toost. 'Echt lekker.'

'Saar en ik hadden het er net over dat we misschien wel willen snorkelen morgen. Ken je toevallig ook een goede organisatie die trips organiseert?'

'O ja, zeker.' Toine knikte een paar keer en wreef nadenkend over zijn kin. 'Je kan het proberen bij Dwight, een vriend van me. Hij heeft een geweldige boot en weet de beste plekken te vinden. Maar zijn trips zijn vaak een week van tevoren al volgeboekt.'

'Heb je zijn nummer?' vroeg Niek, die al met zijn telefoon in zijn hand zat.

'Ja, zeker.' Toine haalde zijn telefoon uit de zak van zijn spijkerbroek en tikte een paar keer tegen het scherm. 'Ik kan hem ook wel even voor je bellen', zei hij, meer tegen zijn telefoon dan tegen Niek. 'Wacht maar.'

Even later had hij zijn vriend aan de telefoon. Na een lange inleiding waarin hij vroeg hoe het ging en daarna heel vaak knikte en instemmend iets mompelde, vroeg Toine of er morgen nog plek was op de snorkeltrip. Meteen kreeg zijn gezicht iets spijtigs en hij knikte weer een paar keer.

'Aha, en de rest van de week? O, oké, nee, dan houdt het op.' Hij nam afscheid met de belofte om snel langs te komen en schudde daarna zijn hoofd naar Niek en Saar. 'Hij zit morgen en overmorgen vol en daarna moet zijn boot uit het water voor onderhoud. Volgende week heeft hij pas weer plek.'

'Dan gaan we volgende week', zei Saar. 'We zijn hier nog wel even.'

'Ik zal je zijn nummer geven.' Toine had zijn telefoon alweer in zijn zak gestopt en haalde die er opnieuw uit. 'Wat is je nummer?' vroeg hij aan Niek en terwijl haar vriend dat opnoemde, keek Saar naar een vrouw die vanaf de bar aan kwam lopen. Ze droeg een donkerroze bikini en haar huid had de gebronsde kleur van iemand die al een tijdje in de zon had geleefd. Haar haar stak er erg blond bij af en Saar vroeg zich af of het haar natuurlijke kleur was.

Toen ze dichterbij kwam, hield ze haar telefoon in de lucht. 'Toine, ik heb William aan de lijn over dat feestje van vanavond. Hij heeft een vraag aan jou.'

De man draaide zich om, excuseerde zich bij Saar en Niek en pakte het toestel aan. Hij liep weg om buiten gehoorafstand het telefoontje af te handelen. De vrouw kwam intussen dichterbij. 'Hoi', zei ze toen ze hen dicht genoeg was genaderd. 'Ik zag Toine al even met jullie praten. Ik ben Pauline, zijn vriendin.'

Saar stond op en er werden handen geschud. De vrouw rook naar kokos en nu ze zo dichtbij stond, viel het Saar op dat haar huid glom. 'Jij bent mooi bruin', zei ze.

Pauline glimlachte, waarbij haar ogen vrolijk twinkelden. Het viel Saar op dat die ogen veel donkerder waren dan je bij een blondine zou verwachten. 'Je kleurt vanzelf als je hier een tijdje woont', zei ze. 'Ik smeer me alleen nog in met van die olie die de lokale bevolking ook gebruikt. Waarschijnlijk is mijn huid over een paar jaar van leer, maar je wordt er wel lekker bruin van.'

Saar lachte ook. 'Ik heb nog een lange weg te gaan', zei ze met een blik op haar benen die net melkflessen leken. 'Dat wit doet gewoon pijn aan mijn ogen.'

'Met die olie van mij ben je binnen een uur gebakken en gebraden', grinnikte Pauline. 'Zijn jullie al lang op het eiland?'

Saar schudde haar hoofd. 'We zijn gisteren aangekomen, dus we hebben nog drie weken te gaan.'

'O heerlijk', zei Pauline. 'Waar verblijven jullie?'

Saar noemde de naam van het appartementencomplex en trok er een gezicht bij. Pauline haalde haar schouders op. 'Zegt me niks.'

'Je mist er ook niks aan', zei Saar en ze vertelde over de kwaliteit van het appartement. 'We hadden beter vooraf de reviews kunnen lezen, geloof ik.'

'Zijn die slecht?'

'Dat kun je wel stellen. De appartementen schijnen ook voornamelijk aan jongeren te worden verhuurd. Veel Amerikanen.'

Pauline keek nadenkend. 'Nu je het zegt weet ik wel wat je bedoelt. Heet die verhuurder Andrew?'

'Ja, klopt.' Saar vertelde dat ze hem gisteravond had proberen te bellen over de airconditioning, maar dat hij pas vanochtend weer bereikbaar was geweest. 'Hij zegt dat het vandaag wordt opgelost. Ik hoop dat dat echt zo is.'

Pauline knikte eerst en schudde toen haar hoofd. 'Hij is wel een goede jongen, hoor. Maar hij zou wat kritischer moeten zijn wat betreft zijn huurders. We hebben op het eiland eigenlijk nooit te klagen over problemen met toeristen, maar als het gebeurt, zijn het vaak jongeren die in dat complex verblijven.'

Saar keek nu nog ongelukkiger. 'Je weet me wel op te beuren.'

'O sorry.' Pauline lachte en opnieuw viel het Saar op dat haar ogen volop meededen. 'Ik wilde je niet ontmoedigen. Weet je, waarschijnlijk doet je airco het straks gewoon weer en valt het allemaal erg mee. Sinds wij hier zijn, zijn er vier of vijf incidenten geweest. En Toine en ik wonen hier al meer dan een jaar.'

Saar hield haar hoofd schuin. 'Hoe zijn jullie hier eigenlijk verzeild geraakt?'

Paulines blik kreeg iets dromerigs. 'We zijn verliefd geworden op het eiland. Toine en ik hebben al veel gereisd, maar deze plek is uniek. Het leven is hier zo relaxed.'

'Dat kan ik me voorstellen.'

Pauline keek uit over de zee. 'In Nederland liepen we altijd maar te stressen, met onze fulltime banen. We hadden een mooi huis, maar we moesten er zo hard voor werken dat we geen tijd hadden om ervan te genieten. Op een dag keken we elkaar eens goed in de ogen en vroegen we ons af waar we nou eigenlijk mee bezig waren.' Ze keek Saar weer aan. 'Toen we daar allebei geen antwoord op hadden, besloten we het roer om te gooien.'

'Zijn jullie toen meteen naar Bonaire vertrokken?'

'Nee.' Pauline grinnikte. 'Zo makkelijk ging dat nou ook weer niet. O, dank je.' Dat laatste was bedoeld voor Niek, die eerst Pauline en daarna Toine een Amstel Bright overhandigde. Saar had niet gemerkt dat hij opnieuw naar de bar was gelopen. Met het drankje in haar hand ging Pauline op de punt van Saars ligbedje zitten om te kletsen. Zelf liet Saar zich ook weer zakken.

'Eerst wilden we in Nederland kijken naar een goedkoper huis. We zijn maar met z'n tweeën, zoveel geld hebben we helemaal niet nodig. Maar gaandeweg kwamen we er met wat *soul searching* achter dat het niet alleen onze banen waren waar we niet blij van werden. Het was alles: het land, de mensen, het weer, de druk die er toch altijd blijft. We wilden weg. Leven met ons hoofd in de zon en onze voeten in het zand.'

'En een biertje in onze hand', vulde Toine grinnikend aan, toen hij de woorden van zijn vrouw hoorde.

Saar lachte. 'Nou, dat is wel gelukt.'

Pauline schoot ook in de lach, maar werd toen weer serieus. 'We hebben ons gewoon letterlijk over de wereldkaart gebogen en onszelf de vraag gesteld waar we het gelukkigst zouden worden. Toen kwamen we al snel uit op de Antillen. Toine voelde eerst meer voor Curaçao, ik wilde eigenlijk naar Saba.'

Saar keek vluchtig opzij, maar Toine en Niek waren met elkaar in gesprek verzeild geraakt. Daarna keek ze weer naar Pauline. 'Naar Saba?'

'Ja, ben je daar weleens geweest? Dat is net een dorp. Niemand doet er ooit z'n deur op slot en iedereen kent elkaar. De sfeer is er zo ontspannen. Maar Toine vond het te klein. Je leeft natuurlijk wel heel erg in een gemeenschap en je kunt niet zomaar weg.'

'Daar zou ik ook een beetje claustrofobisch van worden, denk ik.'

'Toen we dat idee hadden afgeschoten, zeiden we ongeveer gelijktijdig: Bonaire. Het was bijna vreemd dat we er niet eerder aan hadden gedacht. We zijn hier acht jaar geleden op vakantie geweest en allebei waren we helemaal weg van het eiland.' Ze glimlachte even. 'Bonaire heeft het gemoedelijke dat Saba ook heeft, maar tegelijkertijd is er iets ongerepts wat ons aansprak. Iets van vrijheid en ruigheid. Daar voelen we ons allebei goed bij.'

Nu pas viel het Saar op dat Pauline een tatoeage van een Keltisch teken op haar arm had en een kleine vogel op haar schouder. 'Hebben die daar ook mee te maken?' vroeg ze met een handgebaar richting de figuren.

Pauline knikte. 'Ja, al heb ik ze al veel langer.' Ze wees naar het teken. 'Deze heb ik vijf jaar geleden laten zetten, toen Toine en ik een jaar bij elkaar waren, die andere toen ik op mijn achttiende uit mijn ouderlijk huis ontsnapte.'

Saar maakte een geluid dat van alles kon betekenen en durfde niet op die laatste opmerking in te gaan. Het klonk heftig en Pauline formuleerde het vast niet voor niets op die manier. Saar verplaatste haar blik naar Toine en zag dat hij op dezelfde plek aan de binnenkant van zijn pols eenzelfde tatoeage had als Pauline. 'Mooi', zei ze uiteindelijk.

'Ach ja.' Pauline haalde haar schouders op en keek fronsend naar de tekening op haar eigen arm. 'Hij hoort zo bij me dat hij mij al niet eens meer opvalt. Als hij op een dag verdwenen zou zijn, zou ik me echt kaal voelen.' Ze ging verzitten. 'Maar ik zit hier alleen maar de hele tijd over mezelf te praten. Vertel, waar komen jullie vandaan?'

Net toen Saar haar mond opendeed om antwoord te geven, kwam Toine ertussendoor. 'Pau, deze mensen willen morgen gaan snorkelen en nu bedenk ik dat wij eigenlijk hetzelfde plan hadden. Waarom gaan we niet samen?' Hij keek eerst Niek aan en daarna Saar. 'Dan kunnen jullie gewoon mee op onze boot.'

'Wat een goed idee', zei Pauline meteen. 'We kennen een paar geweldige plekken. Laatst zijn we bij een stuk koraal geweest met wel honderd verschillende soorten vissen, als het er niet meer waren. Je weet niet wat je ziet.' Ze keek naar Toine. 'Daar gaan we morgen weer naartoe, toch?'

Hij knikte. 'Goed idee. Gaan jullie mee?'

'Nou ja, als we jullie niet tot last zijn...' Niek keek naar Saar en knikte vragend ter bevestiging. 'Toch?'

Saar slikte, glimlachte en slikte toen weer. Het was natuurlijk een vriendelijk aanbod, maar ze kende deze mensen net drie minuten. Ze leken haar heel aardig, maar om nou meteen een halve dag samen op een boot door te brengen...

'Joh, denk er anders even over na', zei Toine, die haar aarzeling kennelijk opmerkte. 'Jullie hebben mijn nummer en dan...'

'Nee, welnee.' Niek lachte. 'We gaan graag mee. Het is juist zo aardig van jullie om het aan te bieden. Toch Saar?' Deze keer was zijn vraag dwingender en Saar knikte.

'Ja, natuurlijk', zei Saar nu, omdat ze weinig keus meer had. En toen, om de ongemakkelijkheid van de situatie af te halen: 'Sorry, ik dacht alleen... Nou ja, we willen niet tot last zijn, zoals Niek al zei.'

'Als we het niet wilden, zouden we het niet aanbieden', zei Toine opgeruimd. 'We vinden het juist leuk om jullie de prachtige onderwaterwereld te laten zien. Zullen we om elf uur afspreken?' Hij wachtte het antwoord niet af, maar knikte een paar keer. 'Ik app het adres van de haven waar onze boot ligt en dan zien we jullie daar.'

'Top.' Niek stak zijn hand uit en ontmoette die van Toine in een ingewikkelde shake die eruitzag alsof ze elkaar al jaren kenden. Saar stak alleen haar hand op. Ze keek toe hoe het tweetal wegliep, kneep haar ogen samen en probeerde haar gemengde gevoelens voor zichzelf op een rijtje te krijgen.

'Leuke mensen', zei Niek, toen het tweetal buiten gehoorafstand was.

Saar knikte, maar bewoog haar hoofd toen wat aarzelend van links naar rechts. 'Wil je echt de hele dag met ze gaan snorkelen morgen?'

Niek keek opzij. 'Ja natuurlijk, hoezo?'

'Omdat we ze niet kennen. We kunnen toch ook gewoon ergens een snorkeltrip boeken?'

Niek kneep zijn ogen samen en schoof daarna zijn bril naar zijn neus, waardoor Saar zijn uitdrukking niet goed meer kon zien. 'Wat is het probleem? Ik ga liever op pad met twee leuke mensen die de beste plekken kennen, dan met een groep die ik ook niet ken en waarbij je met iedereen rekening moet houden.' Hij nam een slok van zijn bier. 'Weet je nog die keer in Egypte? Die twee Britten die telkens zo langzaam waren? We hadden veel meer kunnen zien als we niet de hele tijd op hen hadden hoeven wachten.'

Daar moest Saar hem gelijk in geven. Toch haalde ze haar schouders op. 'Dat is wel zo, maar we weten helemaal niet wie deze mensen zijn.'

'Daar komt morgen dan vanzelf verandering in', zei Niek. 'En als we ze niet leuk vinden, zeggen we dat we zeeziek zijn en zijn we voor de lunch weer thuis.'

Ondanks zichzelf moest Saar daarom lachen. 'Jij kan toch heel goed doen alsof je overgeeft?'

'Dat is inderdaad een van mijn talenten', grinnikte Niek. 'En het komt vaker van pas dan je denkt.'

Saar stond op van haar bedje. 'Zal ik nog een drankje halen?'

'Goed idee.'

Op haar blote voeten liep ze over het warme zand naar de strandbar. Er stond een groepje jonge mannen ogenschijnlijk te wachten, maar de barman had meteen aandacht voor haar. Hij was jong, midden twintig, gebruind en omdat hij geen shirt droeg was te zien dat hij gespierd was.

'Twee Amstel Bright', beantwoordde Saar de vraag die hij stelde met een knikje van zijn hoofd. Hij knikte opnieuw, trok een koelkast open en haalde er twee flesjes uit, die hij in één beweging van hun dop ontdeed. Daarna deed hij met een zwierig gebaar in elke flessenhals een limoentje.

Saar betaalde en pakte de drankjes aan. Toen ze zich omdraaide, schrok ze. 'Ik zag je niet', zei ze, licht hijgend van de schrik. Ze zette een stapje achteruit, omdat ze zo dicht bij Toine stond dat ze de zonnebrand op zijn huid zag glimmen.

'Sorry, ik liet je schrikken', zei hij zonder een spoor van berouw op zijn gezicht.

'Ik was in gedachten vast al bij mijn drankje', zei Saar, omdat ze niet wist wat ze anders moest zeggen. Wat een rare opmerking, dacht ze er meteen achteraan. Het was niet eens waar.

Ze stond wat ongemakkelijk tegenover Toine. Hij leek het ongemak niet op te merken en keek haar alleen maar aan, glimlachend. Ze keek terug, glimlachte ook en keek toen langs hem heen om duidelijk te maken dat ze op weg was naar haar strandbedje. Toine bleef staan en glimlachte nog steeds. Saar schraapte haar keel, maar wist opnieuw niet wat ze moest zeggen. Een jaar geleden had ze zich in een opwelling aangemeld voor een yogacursus, die werd aangeprezen door de combinatie van fysieke ontspanning en de nadruk op mindfulness. Het was rond de eerste mislukte ivf-poging en ze had het gevoel gehad dat haar hoofd overliep. Op haar werk kon ze zich niet meer concentreren en 's nachts slapen ging ook al niet. De cursus werd gegeven door een man van halverwege de vijftig met lang haar, een wijd gewaad en een aangenomen Indiase naam die ze al was vergeten. De rest van de groep was meteen in de ban geweest van hem en had alles wat hij had gezegd geadopteerd als nieuwe levenswijsheden. In Saars ogen waren het vooral holle clichés geweest, en toen ze in les drie hadden moeten visualiseren dat ze een boom waren en een uur stil hadden gestaan om te 'wortelen', had ze het voor gezien gehouden.

Er was iets in de totaal ontspannen uitstraling van Toine dat haar aan de yogi deed denken. Het aankijken, glimlachen, afwachten zonder verwachting – misschien kwam die mindset wel als je in een tropisch paradijs woonde. Ze glimlachte nog een keer, vluchtig, en zette daarna een stap opzij. 'Ik ga maar weer eens terug.'

'Geniet van je drankje, Saar', zei Toine. 'Ik zie je morgen.'

Saar knikte nog even, wilde iets zeggen, maar deed haar mond weer dicht. Toen ze over het warme zand in de richting van haar ligbed liep, voelde ze zijn blik op haar rug branden.

Hoofdstuk 4

'Ben je klaar?'

Saar keek op en zag in de badkamerspiegel dat Niek achter haar was verschenen. Hij was al aangekleed en droeg een groene korte broek en een wit shirt.

'Je bent bruin geworden', zei Saar, met een blik op zijn armen die gebronsd afstaken bij het wit van zijn mouwen.

Niek keek in de spiegel en knikte alsof hij het nu zelf ook pas zag. Hoewel ze van plan waren geweest nog wat over het eiland te toeren, waren ze vandaag uiteindelijk de hele dag op het strand blijven liggen. Saar voelde zich loom en uitgerust tegelijk. Nu ze wat langer in de vakantiemodus stond, begon ze meer en meer te merken hoe moe ze voor vertrek eigenlijk was geweest.

Vanachter haar sloeg Niek zijn armen om haar middel. Hij gaf haar een kus in haar nek en ze rook zijn aftershave. Even sprong haar hart op, daarna draaide ze zich om en kuste hem terug. Toen ze thuiskwamen van het strand hadden ze gevreeën, voor het eerst sinds lange tijd zonder dat het moest, zonder dat de stem van de dokter in haar hoofd doorklonk. Saar merkte dat het hun allebei goed had gedaan.

Ze draaide zich weer naar de spiegel en deed snel wat mascara op. Daarna föhnde ze snel haar haar en bond het vast in een staart. Ze twijfelde of ze haar teenslippers aan zou doen of de mooie sandalen met sleehakken die ze op het laatste moment toch maar in haar koffer had gestopt. Ze ging voor die laatste, ze stonden zo mooi bij haar roze halterjurkje.

'Wauw', zei Niek en hij keek bewonderend toen ze aankondigde dat ze klaar was.

Toen ze via de trap naar beneden liepen, klonk er alweer bonkende muziek uit de ondergelegen appartementen. Ze keken elkaar veelbetekenend aan, maar geen van beiden zei iets.

Ze hadden een restaurant uitgekozen dat op loopafstand lag, al begon Saar daar een beetje spijt van te krijgen toen ze door de berm van de doorgaande weg naar Kralendijk liepen. De combinatie van de losliggende stenen en haar schoenen pakte niet al te best uit en een paar keer zwikte ze door haar enkel. Gelukkig hield Niek haar hand stevig vast. Er was niet veel verkeer, maar de auto's die passeerden reden zonder uitzondering harder dan toegestaan. Saar was blij toen ze in Kralendijk waren.

Niek had een restaurant aan het water uitgekozen. Het terras lag op een brede steiger, die een stukje uitstak over de zee. Toen de ober hun voorging naar hun tafeltje, rook Saar de typische zilte geur van het water. Ze snoof diep.

Ze namen plaats en bestelden het welkomstdrankje dat de ober voorstelde. Even later kwam hij terug met twee champagneglazen met een roze drankje erin. Het smaakte zoet en fris tegelijk. Niek trok een gezicht. 'Net limonade.'

'Ik vind het lekker.'

Hij riep de ober om alsnog iets anders te bestellen en schoof zijn glas naar Saar. Daarna dubden ze een tijdje boven de menukaart en gingen uiteindelijk voor het dagmenu. Niek sloeg de wijnkaart open om een fles witte wijn uit te zoeken.

Saar keek uit over de zee. Zacht kabbelend kwamen de golfjes onder de steiger aan land. Veel verderop, bijna aan de horizon, trok een boot voorbij. Het was nog steeds warm, al maakte het avondbriesje dat van zee kwam de temperatuur aangenaam.

'Ik heb zin in morgen', zei Niek, die de wijnkaart inmiddels had dichtgeslagen. 'Volgens Toine gaan we prachtige dingen zien. Voor het echte koraal moet je duiken, maar ook met snorkelen kun je spectaculaire vissen tegenkomen.' Hij dacht even na. 'Toine zegt dat het echt de moeite waard is om te duiken. Hij kent een goede instructeur en wil zelf wel mee, zei hij.'

'Hm.' Saar knikte en probeerde zich op de vlakte te houden. 'Laten we eerst morgen maar eens gaan snorkelen.'

Niek keek haar onderzoekend aan, maar liet het moment toen gaan. Saar was blij dat hij niet verder vroeg. Ze had geen zin in een herhaling van de irritatie eerder die middag.

'Deze graag', zei Niek, toen de ober langskwam om de bestelling op te nemen. Hij wees zijn keuze aan in de wijnkaart en bestelde daarna twee keer het dagmenu. Saars blik viel op een jong stel dat de steiger op kwam. De vrouw duwde een kinderwagen voort waarin, te oordelen naar het feit dat de bak erop zat en geen zitje, een kleine baby lag. Ze namen plaats aan het tafeltje achter hen en na enig passen en meten stond de kinderwagen naast de tafel, net achter Niek. Saar voelde de bekende samentrekking in haar borst. Niek keek even om en schoof zijn stoel wat naar voren om het stel meer ruimte te geven. Saar haalde diep adem en probeerde het stekende gevoel van zich af te zetten. Als ze in de afgelopen jaren iets had geleerd, dan was het om gevoelens weg te drukken, te negeren, om te vormen naar iets anders. Of uit te stellen tot ze alleen was.

Ze slikte een paar keer, nam een grote slok van het limonade-drankje en schudde toen haar hoofd. Ze keek Niek aan, die niets doorhad, en maakte hem geen deelgenoot van haar gedachten.

'Ik denk dat ik morgenochtend ga sporten', zei ze in plaats daarvan. 'Dat kan geen kwaad na al dat eten en drinken.'

'Wat ga je doen?'

'Hardlopen, en daarna een beetje bootcamp. Ga je mee?'

'Als je me maar niet afbeult', zei Niek lachend. 'Zeker niet in de warmte.'

''s Ochtends is het niet zo warm en jij kan ook wel een beetje training gebruiken', zei Saar plagend. 'Maar ik zal me inhouden. Gewoon driehonderd push-ups en een kilometer of acht rennen.'

'O, is dat alles? Ik was al bang dat je iets zwaars in gedachten had.' Niek grijnsde. 'Als instructrice moet je wel zelf het goede voorbeeld geven. Ik stel vierhonderd push-ups voor.'

Saar lachte ook. Ze merkte dat de gedachte aan sporten haar vrolijk stemde. Zoals vaker als ze een paar dagen niet aan lichaamsbeweging had gedaan, voelde ze onrust in zich. Ze sportte al zo lang ze zich kon herinneren. Als klein meisje had ze op dansles, turnen en voetbal gezeten en anders dan andere kinderen was ze nooit met tegenzin naar een van de lessen gegaan. Haar ouders vonden drie sporten eigenlijk te veel, maar Saar had geweigerd er eentje op te geven. In muziekles of knutselclubjes had ze dan weer geen interesse gehad.

Sporten was haar uitlaatklep. Toen ze het als puber zwaar had op de havo, was sport haar tegenwicht geweest tijdens het bikkelen voor een repetitie of examen. Dan kon ze haar hoofd leegmaken, ontspannen en zelfvertrouwen tanken. Scoren in een voetbalwedstrijd of een ingewikkelde dansmove moeiteloos uitvoeren, had haar dan zo'n boost gegeven dat ze er weer even tegen kon. Ze was ook altijd graag gaan hardlopen of fietsen. Net zo lang doorbeuken tot je al je energie nodig had om simpelweg vooruit te komen, ze hield van dat punt. Geen ruimte meer voor gedachten, maar gewoon de ene voet voor de andere, of de trappers rond laten gaan. Wat dat betreft had ze van tevoren ook wel kunnen weten dat yoga niets voor haar was, haar mindfulness vond ze in sport, niet op een matje in een te warme zaal.

Maar het was niet alleen een manier om haar hoofd leeg te maken. Sport was een deel van wie ze was. Lange tijd had ze naar de ALO gewild om gymlerares te worden. Uiteindelijk zag ze zichzelf toch niet haar hele leven voor de klas staan en was ze gegaan voor een sport- en managementopleiding. Ze had een paar jaar als instructrice gewerkt, daarna als assistent-manager en toen twee jaar geleden de kans zich had voorgedaan om de sportschool over te nemen, had ze geen moment geaarzeld. Ze had keihard gewerkt en veel geïnvesteerd, maar nu was de sportschool helemaal naar haar eigen wens. De sfeer, het personeel, de hele uitstraling – het klopte gewoon. Elke maand groeide het aantal leden, een gegeven waar ze nog altijd een kick van kreeg.

De ober verscheen weer bij hun tafel en kwam sneller dan verwacht het voorgerecht brengen, een prachtig opgemaakt bord met allerlei zeevruchten. Niek keek er verlekkerd naar. Aan de tafel achter hen begon de baby te huilen.

Saar keek toe hoe de moeder het kindje uit de wagen pakte en rondjes begon te lopen om hem weer in slaap te krijgen. Uiteindelijk liep ze maar weg om de andere gasten niet te storen met het babygehuil. De vader bleef alleen achter aan tafel en staarde naar zijn telefoon. Niek keek vluchtig om en richtte zijn blik toen weer op zijn bord. 'Nou ja, wij kunnen tenminste gewoon met z'n tweeën eten', zei hij, meer tegen zichzelf dan tegen Saar. Ze gaf geen antwoord en keek toe hoe de ober haar glas bijschonk.

Twee uur later was het stel achter hen na een snel hoofdgerecht al een tijdje verdwenen. Zelf hadden Saar en Niek na het geweldige voorgerecht een heerlijk hoofdgerecht van vis en gegrilde groenten gegeten en het chocolade-dessert dat daarop was gevolgd, stond meteen in Saars top drie van lekkerste desserts ooit.

Ze leunde achterover. 'Wat is het hier heerlijk, hè?' zei ze genietend, haar blik op de oceaan gericht. Rond de evenaar zakte de zon altijd heel snel en het was grappig om te zien hoe vlug het donker werd. In het laatste avondlicht glansde het water donkerblauw en een beetje mysterieus. Misschien zouden ze morgen op het water wel dolfijnen zien.

'Ik heb gehoord dat Sint Maarten ook erg mooi is', zei Niek. 'Daar zouden we misschien de volgende keer naartoe kunnen gaan.'

Saar keek op. 'Dat is toch verwoest door die orkaan?'

'Ze zijn het weer aan het opbouwen. En de stranden zijn voor het grootste deel alweer in oude staat. Ik heb bovendien gehoord dat je heerlijk kunt eten op het eiland.'

'Klinkt goed', zei Saar. 'Hoewel het misschien zonde is om de volgende keer weer naar het Caribisch gebied te gaan. Er zijn nog zoveel plekken op de wereld waar we niet zijn geweest.'

'Dat is dan wel weer het voordeel', zei Niek. Hij roerde in zijn koffie en nam een stevige slok.

'Wat?'

'Met kinderen ga je niet zo snel een lange vlucht maken. En het is ook gedoe, een verre reis met kleintjes. Nog los van de kosten.' Hij zette het kopje weer aan zijn mond en zweeg even. Daarna zei hij: 'Nu we geen kinderen krijgen, kunnen we lekker op reis.'

Saar kreeg een vreemde smaak in haar mond. Ze voelde haar vrolijkheid in één klap wegebben. De hele tijd maakte hij al van dit soort opmerkingen, maar dit was wel heel bot. Alsof ze er maar blij om moesten zijn. 'Hoe kun je dat nou zeggen?'

Niek fronste. 'Het is toch zo?'

'Ja, dus? Ik wil helemaal niet reizen.'

'Nou ja.' Niek keek haar aan, hij leek vooral verwonderd. 'Je hoeft niet zo boos te doen. Zonder kinderen ga je makkelijker een paar weken naar Amerika. Of Azië.'

'En daar moet ik blij om zijn?' vroeg Saar. Ergens wist ze wel dat ze overtrokken reageerde, maar Nieks woorden schoten helemaal verkeerd. 'We weten net een paar dagen dat we nooit kinderen zullen krijgen en het enige waar jij mee bezig bent, is bedenken dat dat toch wel erg prettig is. Ik hoor niet anders dan dat er zoveel voordelen aan zitten.'

'Waar slaat dat op?' vroeg Niek.

Saar somde op haar vingers op wat Niek de afgelopen dagen allemaal had genoemd. 'Het is zo leuk dat we dan kunnen reizen, we houden zoveel geld over, we kunnen uit eten wanneer we willen, er huilt geen baby terwijl we net willen gaan eten, we hoeven geen andere auto, we hoeven geen ander huis, we kunnen in het buitenland wonen. Moet ik nog even doorgaan?'

'Ik probeer je alleen maar te laten inzien dat het niet alleen maar erg is', antwoordde Niek. Bij zijn mond trok een spiertje dat verraadde dat hij zijn woede probeerde in te houden. 'Er zijn toch ook voordelen? Als je dat niet wilt inzien, ben je niet realistisch.'

Saar snoof. 'Natuurlijk zijn er voordelen, maar jij raakt er niet over uitgepraat. Als ik verdrietig ben, roep je dat ik om me heen moet kijken naar hoe mooi het eiland is. Als ik zwanger was geworden, waren we hier niet geweest. Als ik met je wil praten over wat er allemaal is gebeurd, sluit je je af en roep je dat we dat achter ons moeten laten.'

'Het ís toch ook zo?' Niek zette zijn glas met een klap op tafel. 'Wat heeft het voor zin om te blijven hangen in wat er allemaal is gebeurd? Ja, het was zwaar, ja, het is een teleurstelling, maar de wereld is niet vergaan, Saar. We kunnen ons leven ook anders inrichten. Dan moet je dat alleen wel willen. Het helpt niet als je in het verleden blijft hangen. Jij gaat maar door over wat had kunnen zijn. Maar het is niet zo. Blijven treuren gaat ons geen kind opleveren. Wel een scheiding.'

Van pure frustratie beet Saar zo hard op haar lip dat ze bloed proefde. 'Wat gemeen om dat te zeggen', zei ze, terwijl ze haar keel dik voelde worden. 'Wat ontzettend gemeen.'

Niek sloeg zijn armen over elkaar en keek haar uitdagend aan. 'Ontken het maar eens. Dat kun je niet, omdat je weet dat ik gelijk heb.'

In Saars hoofd kwamen allerlei woorden voorbij, flarden van zinnen die ze hem voor de voeten wilde werpen. Hoe hij haar kwetste door dit te zeggen, hoe zij niet kon wegvluchten voor haar eigen gevoel zoals hij dat blijkbaar wel graag deed. Hoe hard ze hem nodig had om alles te verwerken en hoeveel pijn het deed dat hij die deur dichtgooide in haar gezicht. Maar de woorden lieten zich niet grijpen, niet vormen tot zinnen. In plaats daarvan zat ze te trillen op haar stoel en staarde hem alleen maar aan. De koelte in zijn blik maakte het allemaal nog erger.

Plotseling wilde ze weg. Weg van hem, weg uit dit restaurant. Er was te veel lawaai, te veel lachende mensen, te veel muziek. Ze wilde alleen zijn, de stilte om zich heen. Nadenken en dan misschien uiteindelijk wel die woorden vormen die nu maar niet wilden komen. Met een ruk stond ze op, haar servet gleed op de grond.

'Doe even normaal', zei Niek, gegeneerd om zich heen kijkend, hoewel niemand aandacht aan hen leek te besteden. 'Ga in vredesnaam zitten.'

'Zoek het uit', zei Saar. Ze greep haar tas en draaide zich om. Zonder om te kijken beende ze het restaurant uit. Nu voelde ze wel blikken in haar rug prikken. Met snelle passen liep ze door, de verbaasde ober keek ze niet aan.

Buiten de poort bleef ze hijgend staan. Half verwachtte ze dat Niek achter haar aan zou komen, maar er gebeurde niets. Ze wachtte vijf minuten, aarzelde of ze terug moest gaan en wachtte toen nog even. Met elke seconde die ze daar stond, groeide haar boosheid. Ze had het niet verdiend om zo behandeld te worden. Natuurlijk wilde ze best begrip tonen voor Nieks manier om met de teleurstelling om te gaan. De afgelopen dagen was ze voor zover ze kon meegegaan in zijn overtrokken manier van vooruitkijken, van vooral niet stilstaan bij hun verdriet, van bijna hysterisch van het leven genieten, zoals Niek het elke keer zei. In gedachten hoorde ze het hem weer tegen die Nederlanders zeggen: 'Saar en ik vieren het leven.' Loze, lege woorden die ook helemaal niet bij hem pasten. Wat viel er te vieren?

'Gewoon', had hij gezegd toen ze hem later had gevraagd wat hij daar nou mee bedoelde. Ze had het nonchalant gebracht, lacherig bijna. Niet te zwaar maken. 'We leven allebei nog, we zijn gezond', had Niek zijn antwoord verduidelijkt. 'Dat is ook wat waard.'

Daar had hij natuurlijk gelijk in, maar op die manier kon je elke vorm van verdriet wel wegredeneren. Alsof je het pas erg mocht vinden als je leven in gevaar kwam. Maar blijkbaar was dat Nieks nieuwe houding: zolang er niemand dood is, voelen we geen verdriet.

Saar keek om zich heen. Niek kwam niet en ze vertikte het om terug te gaan. Misschien was dat maar beter, ze verlangde ernaar om alleen te zijn. Ze moest nadenken. Als hij straks terugkwam zou hij woedend zijn, dat wist ze zeker. Ze moest zich voorbereiden, zodat ze hem duidelijk kon maken hoeveel pijn hij haar deed met zijn woorden. Misschien zou hij het dan begrijpen.

Het was niet ver lopen, al leek de terugweg langer te duren dan de heenweg. Het was nu helemaal donker en Saar huiverde bij elke auto die voorbijkwam. De duisternis en het grote aantal kuilen in de weg weerhielden de automobilisten er niet van om in hoog tempo door te jakkeren. Ze bleef zo dicht mogelijk bij de struiken lopen, zo ver mogelijk van het asfalt af. Toen ze de ingang van het appartement bereikte, haalde ze opgelucht adem.

Gelukkig had ze de sleutel. Haar hand trilde toen ze die omdraaide. Ze drukte de deur achter zich in het slot en leunde er even tegenaan. Haar hart bonkte nog steeds na van de ruzie, het voelde alsof er een klem om haar maag zat. Het dessert waar ze eerder zo van had genoten, lag nu als een steen op haar maag.

Ze liet de lampen in het appartement uit en opende de schuifpui. De onderburen zaten te barbecueën en de geur van verschroeid vlees drong haar neus binnen. Het maakte haar misselijk. Het geluid van de bonkende rapmuziek uit het ondergelegen appartement overstemde dat van de krekels. Opnieuw wilde Saar dat ze de reviews had gelezen voor ze boekten.

Ze ging op een stoel zitten, maar hield het al na een paar minuten voor gezien. Toen ze de schuifpui had gesloten, zette ze de airco aan. Er drupte water uit, maar ze had de puf niet om dat op te ruimen. In plaats daarvan ging ze op de bank zitten en sloot haar ogen. In haar hoofd speelde de ruzie zich opnieuw af. Ook al was ze gekalmeerd, het lukte haar niet om er anders naar te kijken. Ze begreep echt wel dat Niek door wilde met zijn leven – dat ze allebei door moesten – maar zo raar was het toch niet dat ze nog wilde stilstaan bij haar verdriet? Het was nog maar zo kort geleden. Er zou nog tijd genoeg zijn om door te gaan. Waarom kon hij daar niet wat meer begrip voor opbrengen?

Ze pakte haar telefoon. Het liefste wilde ze haar moeder bellen, maar ze deed het niet. Ze wist dat haar moeder het moeilijk vond dat ze haar verdriet niet kon oplossen. Als ze zou vertellen dat Niek en zij ruzie hadden, zou dat de zorgen van haar moeder alleen maar vergroten. Ze zou er vast slecht van slapen.

Uiteindelijk legde ze haar telefoon aan de kant en stond op om een glas water in te schenken. Daarna ging ze voor het raam staan. In de verte, waar de zee moest zijn, knipperde een lamp in het donker. Misschien een cruiseschip. De muziek werd nog wat harder gezet. Een plotseling gevoel van eenzaamheid overviel haar. Saar slikte een paar keer, maar haar tranen lieten zich niet terugdringen. Ze wilde dat ze nooit naar Bonaire waren gegaan.

Het duurde meer dan twintig minuten voor ze gerommel hoorde bij de voordeur, gevolgd door nijdig gebons op het hout. Saar haalde diep adem. Ze had helemaal geen zin om open te doen, maar ze kon Niek moeilijk buiten laten staan. Bovendien zouden ze toch een keer moeten praten.

Hij was nog steeds boos, dat zag ze meteen. Langs haar heen liep hij naar binnen, met een woest gebaar gooide hij de deur in het slot. Daarna draaide hij zich om en bleef met zijn armen over elkaar midden in de kamer staan. 'Waar sloeg dat in vredesnaam op?'

Saar fronste. Typisch Niek om de aanval te kiezen. 'Dat kan ik beter aan jou vragen.'

'O, je gaat het op mij afschuiven? Volgens mij was jij degene die een scène schopte en zomaar wegliep.'

'Volgens mij was jij degene die de ene rotopmerking op de andere stapelde.'

Niek rolde met zijn ogen. 'Alleen omdat iets wat ik zeg je niet aanstaat, is het nog geen rotopmerking. Je zou eens wat meer open moeten staan voor hoe ik het zie.'

Saar kneep haar ogen samen. 'Ik sta overal voor open, maar jij dendert voorbij aan mijn gevoelens, alleen maar omdat je zo snel mogelijk wilt vergeten. Verwerken, praten, brr, veel te ingewikkeld.'

'Hou toch op.' Met een boos gezicht gooide Niek zijn handen in de lucht. 'Het probleem is dat we er al zo veel over hebben gepraat. Alles is al honderd keer gezegd, we zijn keer op keer door het hele proces gegaan. Er nog tien jaar over praten verandert niets aan de situatie, Saar. Er komt geen baby. Dat is hard, maar dat is de waarheid. En die waarheid wordt niet anders als je blijft hangen in wat niet is.' Hij snoof. 'Ons leven zal er anders uitzien dan we hadden gedacht en dan we hadden gehoopt. Maar als dat dan zo moet zijn, wil ik er in elk geval alles uithalen. En dat begint met het positief te bekijken.'

Saar slikte. 'Ik zeg toch ook niet dat de situatie verandert als we erover praten? Ik heb het alleen nodig om het te kunnen verwerken, om het te kunnen accepteren. Ik kan het niet van de ene op de andere dag, pats boem, afsluiten. Alsof je een deur dichtgooit die je nooit meer opentrekt.' Ze slikte opnieuw, maar er waren alweer tranen in haar ogen opgeweld. Met een driftig gebaar veegde ze die weg, ze wilde nu niet huilen. Ze draaide zich om en bleef staan met haar handen op het aanrecht. Achter zich hoorde ze Niek woest snuiven, net zomin als zij bereid om toe te geven.

'Ik kan hier niet tegen', zei Niek uiteindelijk. 'Met jou valt niet te praten. Ik ga een rondje lopen.'

Saar vluchtte weer naar het balkon, ze hoefde niet te zien dat hij wegging. Zoals altijd, dacht ze met woedend cynisme. Typisch Niek om weg te lopen als het moeilijk was. Lekker makkelijk, dan kon hij opnieuw omzeilen waar het echt om ging. Saar slikte. In de pauze tussen twee rapnummers was het ineens stil om haar heen. De barbecueende Amerikanen waren verdwenen. Ze ging zitten, omdat alles aan haar zwaar voelde.

Ze wachtte een kwartier en toen ging ze weer naar binnen. Niek was er inderdaad niet. Snel poetste Saar haar tanden in de badkamer, daarna ging ze in bed liggen. Even keek ze naar haar telefoon die naast haar op het tafeltje lag, maar toen schudde ze haar hoofd. Ze zou hem niet bellen, ze had hem niets te zeggen. Toen ze haar ogen sloot, merkte ze tot haar verbazing dat de slaap aan haar begon te trekken. Misschien speelde de wijn van vanavond daar ook een rol in, maar het kon haar niet eens echt schelen. De diepte waarin ze langzaam verdween, voelde een stuk prettiger dan de werkelijkheid.

Hoofdstuk 5

De volgende ochtend werd Saar wakker met het gevoel dat alles goed was. Een paar seconden zweefde ze in het fijne moment tussen slapen en wakker worden, waarin gedachten nog geen toegang hadden. Toen kwam de zwaarte langzaam terug.

Het kostte haar moeite haar ogen te openen. Ze draaide zich om, de plek naast haar was leeg.

Met moeite kwam ze overeind. Ze luisterde, maar hoorde Niek ook niet rommelen in de huiskamer. Uiteindelijk sloeg ze haar benen over de rand en liep een rondje door het appartement, maar hij was nergens te bekennen. Zou hij dan gisteravond echt niet zijn teruggekomen? Ze had hem in elk geval niet gehoord.

Ze keek in de kast, zijn sportschoenen waren verdwenen. Hij was hier dus wel geweest. Ze sloot even haar ogen. Ze zouden samen gaan sporten. Was dit een statement?

Ze opende de kast en trok haar sportkleren aan. In de badkamer poetste ze haar tanden en bond haar haar in een staart.

Daarna vulde ze haar bidon. Ze had zin om te gaan hardlopen, hoog tempo, heel lang, voorbij haar grens, zodat ze alleen nog de pijn van verzuurde spieren zou voelen. Op een of andere manier gaf dat haar altijd het gevoel dat ze leefde.

Buiten hing de typische koelte die bij de ochtend hoorde. Saar snoof de lucht diep op in haar longen. De belofte van een warme dag zat erin verscholen, maar voor nu was het prima hardloopweer. Ze deed een korte warming-up en begon daarna rustig richting Kralendijk te joggen. Eenmaal daar koos ze de route langs het water. Zo vroeg in de ochtend waren er weinig mensen op straat. De zee was van blauw in turkoois veranderd. Er stond weinig wind en het water rimpelde slechts in kleine golfjes. De aanblik maakte haar rustig. Ze vond het juiste tempo en voelde haar hartslag en ademhaling regelmatig worden. Met doffe ploffen kwamen haar voeten neer op het asfalt. Het ritme gaf houvast. Ze concentreerde zich erop, telde mee in haar hoofd, één, twee, één, twee. Ze voerde het tempo op, haar longen begonnen te protesteren. Ze glimlachte. Nu ging het lekker.

Na zes kilometer stopte ze, keerde om en rende hetzelfde stuk terug. Ze had pijn in haar benen en zette een tandje bij. De temperatuur liep nu snel op en het zweet gleed in straaltjes van haar voorhoofd. Het laatste stuk tot het appartement legde ze lopend af, maar de temperatuur was inmiddels zo hoog dat je het moeilijk een coolingdown kon noemen. Toen ze thuis aankwam, was ze nog steeds bezweet. Voor de deur bleef ze staan en trok eerst haar schoenen en daarna haar sokken uit. Tijdrekken, dat wist ze zelf ook wel. Uitstellen van een moment waar ze toch een keer doorheen moest.

Uiteindelijk deed ze de voordeur open. Aan Nieks sportschoenen in de kamer zag ze dat hij terug was, toen ze verder liep hoorde ze het ruisen van de douche. Ze spitste haar oren, maar hoorde hem niet zingen, zoals hij normaal gesproken deed.

Ze trok haar sportkleren uit en liep naar de badkamer. De douche werd net uitgezet. De deur klemde en ze hoorde Niek binnensmonds vloeken toen hij hem niet meteen open kreeg. Uiteindelijk vloog de douchedeur open, een golfje water belandde op de vloer.

'O,' zei Niek, 'je bent terug.'

Saar keek hem aan. 'Hoe lang gaan we dit nog volhouden?'

'Wat?' Er verscheen iets waakzaams in Nieks blik. 'Wat probeer je te zeggen?'

'Deze ruzie', zei Saar, en ze onderdrukte een zucht. Dacht hij nu echt dat ze hun hele relatie maar meteen in de waagschaal wilde leggen? 'Zullen we de hele dag nog lekker boos doen tegen elkaar? Ik denk dat dat wel helpt. Dan voelen we ons aan het einde van de dag vast beter.'

'Ik vind het gewoon een rotstreek', zei Niek. 'Je loopt toch niet zomaar weg uit een restaurant?'

'En jij hoeft toch niet de hele tijd aan mijn gevoel voorbij te denderen?'

Hij keek haar recht aan en even dacht ze dat hij met zijn ogen zou rollen, maar uiteindelijk liet hij zijn adem ontsnappen.

'Niek', zei Saar, en haar stem was zachter dan eerst. 'Ik wil dit niet. Ik wil geen ruziemaken. We hebben elkaar juist nodig.'

Hij sloeg zijn blik neer en toen hij haar opnieuw aankeek, was er iets zachts in verschenen. 'Je hebt gelijk', zei hij. 'Laten we geen ruziemaken. Daar wordt niemand vrolijker van.'

Saar knikte en deed een stap naar voren toen Niek zijn

armen uitstrekte. Hij was nog nat van het douchen en ze rilde even toen ze het koude water op haar huid voelde. 'Je bent warm', zei Niek. 'Heb je ver gelopen?'

Saar knikte. Ze slikte een paar keer, knikte opnieuw en keek naar hem op. 'Twaalf kilometer', zei ze toen, meegaand in zijn verandering van onderwerp. Ze liet niet merken dat dat haar eigenlijk moeite kostte. Anders dan Niek was ze een uitprater. Het liefst wilde ze het er nog over hebben, de ruzie doornemen tot ze precies wisten waar het fout was gegaan, zodat ze dit de volgende keer konden voorkomen. Dat was een eigenschap die ze altijd had gehad, maar die Niek niet deelde. Er nu over doorgaan, zou de sfeer niet beter maken. Het had ook geen zin. Niek had alles gezegd wat hij erover zou zeggen. Ze moest zelf ook omschakelen, dat was beter.

'Ik ga ook douchen', zei Saar. 'Zullen we daarna ergens gaan ontbijten? Het enige dat we hier hebben is een stuk stokbrood waarmee je iemand de hersens kunt inslaan.'

Niek knikte. 'Toine noemde gisteren een tentje aan het water. Ze schijnen er heerlijk ontbijt te maken.'

Een uurtje later moest Saar hem gelijk geven. Ze zaten op het terras bij het kleine restaurantje en de ober had net een groot bord met fruit voor haar neergezet. Niek had wentelteefjes besteld. Saar had haar blik gericht op het enorme cruiseschip dat niet ver bij hen vandaan was aangemeerd. Ze had al verhalen gehoord over de grote schepen die eens in de zoveel dagen Bonaire aandeden, maar nu ze op nog geen tweehonderd meter afstand van de boot zat, kon ze niet geloven hoe groot die was.

'Net een flatgebouw', zei ze, terwijl ze toekeek hoe er maar mensen van de loopplank bleven komen. Op de kade was het inmiddels een drukte van belang.

'Het eiland verdubbelt meteen in inwoneraantal', zei Niek lachend. 'Ik wist ook helemaal niet dat er zoveel taxi's waren.'

Nu pas viel het Saar op dat er een hele rij geparkeerd stond, wachtend op de toeristen die in één dag de hoogtepunten van het eiland wilden afvinken. 'Jij wilde toch graag een keer een cruise maken?' vroeg ze half plagend aan Niek, maar hij wapperde met zijn hand en leek meteen genezen van het idee dat hij eens had geopperd. Saar rilde bij het idee van een vakantie met duizenden Amerikaanse senioren op enorme sportschoenen, maar het was vermakelijk om de toeristen te observeren vanaf het terras waar ze zaten.

'Ik ben blij dat we juist vandaag lekker op zee zijn', zei Niek, waarna hij op zijn horloge keek en de ober wenkte voor de rekening. 'We moeten die kant op, anders komen we te laat.'

Het was niet ver naar de haven en nog geen tien minuten later parkeerden ze hun auto dicht bij de steiger. 'Even kijken', zei Niek terwijl hij zijn blik over de rijen boten aan weerszijden van de steiger liet gaan. 'Ik zie ze niet.'

Net op dat moment maakte zijn telefoon een geluid. 'O, ze zijn iets later', zei Niek, terwijl hij het berichtje las. Hij knikte naar het havengebouwtje, waar een bankje in de schaduw stond. 'We kunnen daar wel even wachten.'

Ze namen plaats en uit automatisme pakte Saar haar telefoon. Tot haar verbazing pikte die een wifinetwerk op, blijkbaar horend bij de haven. Ze logde in en zag een berichtje binnenkomen van Inge, haar assistent, die vroeg hoe het ging. Snel tikte Saar iets terug. 'Best goed internet', zei ze, maar Niek zat ook al over zijn scherm gebogen.

Saar scrolde door de rest van haar mail, maar er zat niets

bij dat nu haar aandacht nodig had. Om de tijd te doden opende ze het nieuws op haar telefoon. Haar blik viel op een berichtje over Bonaire. Het was een kort bericht waarin werd doorgelinkt naar een lokale site. Saar klikte de link aan.

'Hier, moet je horen', zei ze tegen Niek, terwijl haar ogen nog over de regels gingen. 'Ik zit het lokale nieuws te lezen en er is blijkbaar een man vermist geraakt.'

Niek keek op. 'Waar?'

'Hier op Bonaire. Een zevenentwintigjarige man is vannacht voor het laatst gezien op een feestje, dat hij alleen heeft verlaten', las ze voor. 'Vanochtend is er alarm geslagen door zijn vrienden, omdat hij niet op zijn werk verscheen en nergens te vinden is. De politie denkt dat hij misschien ergens zijn roes ligt uit te slapen of met een vrouw mee is gegaan, maar zijn vrienden geloven dat niet, die zijn ongerust.'

Niek fronste. 'Dat klinkt niet best.'

Saar sloot haar telefoon af en keek om zich heen. Het was inmiddels tien voor halftwaalf, maar Toine en Pauline waren nergens te bekennen. 'Moeten we ze even bellen?' vroeg ze aan Niek. 'Misschien hebben we het niet goed begrepen.'

Niek haalde zijn schouders op. 'Toine heeft deze haven op Google Maps aangewezen.'

'Waar blijven ze dan?'

'Je weet toch hoe dat werkt in de Cariben? Iemand noemt een tijdstip en komt rustig een uur later. Tijd heeft hier een andere betekenis.'

Net toen Saar wilde opmerken dat ze dan zelf ook wel een uur later hadden kunnen komen, draaide een witte pickuptruck het parkeerterrein op. 'Sorry dat we zo laat zijn', riep Toine zodra hij uitstapte.

Niek wuifde het excuus weg, Saar volgde zijn voorbeeld. 'Geen probleem', zei ze.

'We zeiden al tegen elkaar: tijd heeft in de Cariben een andere betekenis.'

Toine trok een gezicht. 'Geloof het of niet, maar Pauline en ik zijn eigenlijk altijd op tijd. Dat haal je niet uit een Nederlander, en ik moet vaak nog wennen aan de Antilliaanse mentaliteit op dat gebied.'

'Ik heb me zo vaak zitten opvreten, omdat er weer eens een monteur of bouwvakker te laat kwam', zei Pauline. 'Om het over de rompslomp bij overheidsinstellingen maar niet te hebben. Ze beloven iets, maar als je er later naar vraagt weet niemand ergens van.'

'O ja', knikte Saar. 'Daar zou ik ook niet tegen kunnen.'

'Maar we waren even naar het politiebureau', zei Toine, terwijl hij Saar en Niek met een handgebaar wenkte om mee te lopen naar de boot. 'Een jongen die gisteren op een feest van ons was, blijkt verdwenen te zijn. Heel vervelend.'

'O, ik las daar net over op internet', zei Saar. 'Waren jullie ook op dat feest?'

'Nee, we hadden het georganiseerd. Dat is ons werk.'

'Wat vervelend dat er zoiets is gebeurd', zei Saar. Toine hoorde haar niet, maar Pauline, die achter haar op de steiger liep, zei: 'Hij zal wel weer opduiken. Zo gaat het meestal.'

Saar hield haar pas in, zodat ze naast Pauline kwam te lopen. 'Gebeurt dit wel vaker?'

Pauline schudde haar hoofd. 'Er zijn weleens gasten die te veel drinken of iets gebruiken, al hebben we goede beveiligers die dat in de gaten houden. Maar zij kunnen natuurlijk niet de hele avond op iedereen letten. Maar vaak als iemand ergens z'n roes ligt uit te slapen, duikt diegene de volgende ochtend wel weer op.' Ze schudde haar hoofd en haalde daarna haar schouders op. Niet uit nonchalance, het gebaar leek eerder iets van onmacht in zich te hebben. 'Ik vind het jammer dat er soms vervelende dingen gebeuren, maar uiteindelijk is het de eigen verantwoordelijkheid van onze feestgangers wat ze drinken. En hoeveel.'

'In het nieuwsbericht werd zelfs gesproken over drugs', zei Saar. Ze bespeurde een zekere sensatiezucht in haar eigen stem, waar ze eigenlijk een hekel aan had. Toch was ze benieuwd naar de mening van Pauline over dit onderwerp.

'Ik weet het niet', zei Pauline. 'De politie gaat het uitzoeken.'

Ze waren nu een eindje de steiger op gelopen. Toine hield stil bij een kleine speedboot die zo wit was dat het polyester ondanks haar zonnebril pijn deed aan Saars ogen. De boot was niet groot, maar er hing een motor achter die deed vermoeden dat de boot op zee grote snelheid zou kunnen maken. Met een soepele sprong overbrugde Toine de afstand tussen de steiger en de boot. Hij had een paar seconden nodig om zijn evenwicht te hervinden en draaide zich toen om om Niek aan boord te helpen. Daarna was het de beurt aan Saar. Ze wankelde toen ze zich afzette. De afstand tot de boot was groter dan ze had ingeschat en even dacht ze dat ze zou vallen, maar toen pakte Niek haar arm vast en vond ze haar balans terug. 'Ik lag bijna in het water', lachte ze.

'Je kan straks nog lang genoeg zwemmen', zei Toine. Saar ving zijn blik. Ze glimlachte een beetje, maar hij lachte niet terug.

Als laatste sprong Pauline aan boord en maakte de touwen los. Toine nam plaats op de stoel bij het stuur en draaide de sleutel om. De motor kwam borrelend en pompend tot leven en Toine verschoof de hendel om gas te geven, waardoor de boot achteruit de ligplaats uit voer. Saar ging op een van de bankjes langs de rand zitten. De zitting was voorzien van een zwartleren kussen, dat zo warm was dat het pijn deed aan haar bovenbenen. Ze haalde haar handdoek uit haar tas en legde die eronder.

De motor pruttelde gemoedelijk toen Toine de boot de haven uit stuurde. 'Iets drinken?' vroeg Pauline en ze opende een koelbox die Saar eerder niet was opgevallen.

'Water, graag.'

Pauline overhandigde haar een ijskoud flesje en dankbaar nam Saar een slok. Het sporten van vanochtend had veel vocht gekost en het water dat ze zelf bij zich had, was lauw geworden in haar tas.

'Biertje?' vroeg Toine gekscherend aan Niek, maar hij schudde lachend zijn hoofd.

'Laten we daar nog maar even mee wachten.'

Saar keek op haar horloge. Het moest nog twaalf uur worden.

Eenmaal buiten de haven keek Toine om naar Saar en Pauline op het bankje. 'Zijn jullie er klaar voor?'

Saar wist niet waarvoor, maar ze knikte. 'Natuurlijk.'

'Oké, hou je vast. Dat geldt ook voor jou, man.' Dat laatste was voor Niek bedoeld, die naast Toine aan het roer stond. 'We gaan tempo maken.'

Tijd om zich voor te bereiden kreeg Saar niet, want het volgende moment spoot de boot vooruit. 'Wauw', zei ze lachend, terwijl ze zich tevergeefs vastgreep aan het kussen en een stukje opzij schoof. 'Dat gaat hard.'

'Dit is nog niks', zei Pauline eveneens grinnikend. 'Deze boot is echt Toines speeltje. Eerst hadden we er eentje die langzamer ging, maar hij moest per se deze snelle hebben.'

'Het is een prachtige boot.'

'We hebben er veel lol van. Als het maar even kan, zitten we op het water.'

Saar knikte. Er viel een stilte die ze niet opvulde. Onopvallend keek ze naar Pauline. Die droeg een witte bikini, bij de bies afgezet met een gouden bandje. Het wit van de stof stak mooi af tegen haar gebruinde huid. Nu ze dicht bij haar zat, zag Saar dat de huid van Paulines gezicht en borst was bezaaid met sproetjes, die niet opvielen doordat haar huid zo gekleurd was. Het was moeilijk haar leeftijd te schatten, maar Saar hield het op begin veertig.

Ze verplaatste haar blik. Pauline droeg een bruine zonnebril met een groot logo op het pootje. Het logo was vast van een duur merk, maar Saar kende het niet.

Pauline leunde achterover en spreidde haar armen over de rugleuning van het bankje. 'Genieten jullie van je vakantie?' vroeg ze aan Saar.

Saar glimlachte en knikte. 'Het is hier echt heerlijk.'

'Nog problemen gehad in het appartement?'

Saar was alweer vergeten dat ze dat aan Pauline had verteld. Ze haalde kort haar schouders op. 'De airco is weer gemaakt, maar daarmee is alles gezegd. De muziek is vreselijk en we kunnen 's avonds amper op het balkon zitten, omdat de barbecue bij de benedenburen maar niet uit lijkt te gaan. Die geur gaat op een gegeven moment vervelen, kan ik je melden.'

'Waarom zoek je geen ander appartement?'

'Ach.' Saar haalde haar schouders op. 'We hebben dit nou eenmaal geboekt en is het al betaald.'

Pauline hield haar hoofd schuin. Het leek alsof ze iets wilde zeggen, maar uiteindelijk haalde ze haar schouders op. 'Dat snap ik.'

De boot had even vaart geminderd, maar nu keek Toine weer om. 'Nou mensen, tijd voor de *full treatment*, lijkt me. Zijn jullie er klaar voor?'

Saar wist niet precies waarvoor, maar ze knikte. 'Ja hoor, kom maar op.'

Toine instrueerde Niek om zich goed vast te houden en keek daarna nog een keer naar de vrouwen op het bankje. 'Oké, daar gaan we', riep hij nog maar eens en het volgende moment voelde Saar hoe ze opzij schoof op het bankje. De snelheid die ze net hadden bereikt, bleek nog niets te zijn. De voorkant van de boot kwam nu uit het water en Saar greep zich vast aan de leuning waar ze vanzelf tegenaan was geschoven. Ze joelde toen Toine nog wat meer gas gaf. Toen ze omkeek, zag ze de kustlijn van Bonaire snel verdwijnen.

De motor pruttelde nu niet meer, maar gierde op volle kracht. Achter hen bleef een spoor van wit schuim drijven op het water. Saar bedacht dat de vissen die ze wilden spotten er met deze herrie pijlsnel vandoor zouden gaan. Ze sloot even haar ogen en genoot van de wind op haar verhitte gezicht en de druppels zeewater die zo ver opspatten dat ze haar wangen koelden. Misschien had Niek gelijk gehad en was deze trip een heel goed idee.

Ze opende haar ogen weer omdat Toine iets riep wat ze niet verstond. Vragend keek ze naar Pauline. 'Of het goed gaat', vertaalde die schreeuwend.

Saar knikte en stak haar duim op. Van zeeziekte had ze nooit last gehad. 'Het mag nog wel wat harder', riep ze gekscherend terug. Pauline gaf de boodschap door en Toine knikte. Het volgende moment voelde Saar hoe de punt van de boot nog wat verder uit het water werd gelift. Ze had het als grapje bedoeld, maar blijkbaar was de speedboot nog niet eens op topsnelheid geweest. Ze keek naar Niek en vroeg zich af of hij het nog leuk vond. Van hun tweeën was zij de thrillseeker, anders dan het geijkte man-vrouw-patroon voorschreef. Geen van beiden waren ze bang aangelegd, maar Saar was altijd degene die de hoogste achtbaan nam, die voorstelde om te gaan bungeejumpen en het dan ook deed waar Niek op het laatste moment afhaakte. De adrenaline in haar aderen, daar hield ze van.

Ze keek weer naar Pauline, maar die had haar ogen gesloten en zat met nog altijd gespreide armen ontspannen achterover. Haar achterhoofd rustte op de bovenkant van het bankkussen, ze had haar gezicht naar de zon geheven. Het was alsof ze sliep.

Na een minuut of tien varen, nam Toine gas terug en zette vervolgens de motor helemaal uit. Even had Saar moeite met omschakelen en het ronkende motorgeluid klonk na in haar oren. Toen het wegstierf, drong de stilte door. Alleen het licht klotsende geluid van golfjes tegen de kuip van de boot doorbrak die. Saar keek om zich heen. De zee was hier diep en donkerblauw. Ze tuurde naar het oppervlak, maar kon nog geen vissen ontdekken.

'Hier beneden ligt een prachtig stuk koraal', zei Toine, terwijl hij van het roer naar de achterkant van de boot liep. Daar opende hij een compartiment dat zich onder de bank tegenover Saar bleek te bevinden. Hij haalde er duikbrillen en mondstukken uit en legde alles naast Saar op de bank. Daarna trok hij zijn T-shirt over zijn hoofd.

'Het koraal is te diep om met snorkelen goed te kunnen zien', vertelde hij verder. 'Maar je kunt er een glimp van opvangen, het water is heel helder. En de vissen zwemmen werkelijk overal.' Hij overhandigde Saar een duikbril en een mondstuk. 'Het is sensationeel. Echt heel mooi. Pauline en ik gaan hier vaak naartoe.'

Saar zette de duikbril op haar neus en verstelde de band tot hij paste. Toine keek haar vragend aan en ze knikte. 'Hij zit prima.'

Ze stond op en liep naar de achterkant van de boot. Ze klom over het bankje en bleef staan op het kleine plateau naast de motor. Met haar voet voelde ze aan het water, dat hier frisser was dan dicht bij het eiland. Toch voelde het nog steeds aangenaam. Ze liet zich langzaam in het water zakken, schoof haar duikbril op z'n plaats en deed het mondstuk in. Daarna dook ze onder water. Er zat een druppel water in haar duikbril, maar dat belette haar niet om al een paar prachtige vissen te zien. De beestjes keken haar nieuwsgierig aan, niet onder de indruk van wat er zojuist hun leefgebied was binnengedrongen. Het zonlicht dat was gebroken op het wateroppervlak gaf hun schubben een prachtige paarse gloed, en Saar keek haar ogen uit. De visjes kwamen zo dichtbij, dat ze hen tegen haar armen en benen voelden tikken.

Het water borrelde om haar heen toen ook Niek zich in het water liet glijden. De vissen schoten even weg, maar waren ook meteen weer terug. Saar keek om en zag haar vriend naderen. Hij zwom met grote slagen naar haar toe en grijnsde, ondanks zijn ingehouden adem. Ze lachte terug voor zover dat ging met een plastic mondstuk. Daarna wees ze op de visjes, die nu rond haar duikbril cirkelden.

Een tijdlang keek ze haar ogen uit. Toine had geen woord te veel gezegd, het snorkelen was hier echt sensationeel. Gisteren was ze al onder de indruk geweest van wat er dicht bij het strand te zien was, maar dat was niets vergeleken hierbij. Pas toen ze kramp in haar kaken kreeg van het mondstuk, haalde ze haar gezicht uit het water. Ze spreidde haar armen en bleef een tijdje op haar rug drijven. Telkens tilde het water haar even op met het ritme van de golfjes. De zon brandde op haar buik, maar telkens als ze het even te warm kreeg, liet ze het water over haar huid spoelen.

'Het moet heerlijk zijn om hier te leven', zei ze tegen Pauline, die naast haar in het water lag.

Pauline had haar ogen gesloten en humde instemmend. Daarna tilde ze haar hoofd uit het water en keek Saar aan. 'Zouden jij en Niek zo'n stap overwegen?'

De vraag overviel Saar, al had ze het onderwerp zelf aangesneden. 'Nou, niet direct', zei ze wat ontwijkend. 'Wij hebben natuurlijk ons leven in Nederland.'

'Dat hadden wij ook, maar dat geef je op zodra je besluit dat je weg wilt. En dan blijkt je baan of huis ineens niet meer zo belangrijk.'

'Maar mijn familie wel', zei Saar. 'Emigreren zou niets voor mij zijn, maar dat neemt niet weg dat ik me kan voorstellen dat het heerlijk moet zijn om elke dag in de zon door te brengen.'

'Familie komt wel langs', antwoordde Pauline, alsof Saar het tweede deel van haar antwoord niet had uitgesproken. 'Als ze het belangrijk vinden.'

Er was iets in die laatste woorden wat Saar deed opkijken. 'Hoe bedoel je?'

Pauline dreef nog steeds op haar rug en keek Saar niet aan. 'Ach nee, joh, niks. Laat maar.'

'Komt je familie nooit langs?'

Pauline schudde haar hoofd, wat extra golfjes veroorzaakte. 'Al een jaar niet gezien, en ik denk ook niet dat ze zullen komen.'

Saar zweeg even. In de stem van Pauline klonk een combinatie van bitterheid en spijt door. 'Stonden ze achter jullie plan om te emigreren?' vroeg ze uiteindelijk.

Pauline trok met haar mond. 'Niet echt, maar dat lag niet aan de emigratie zelf. Zo is het altijd geweest.'

Saar durfde niet verder te vragen. Ook Pauline zei een tijdje niets. Saar staarde naar de twee luchtpijpen die een meter of twintig verderop uit het water staken. Af en toe zag ze de feloranje zwembroek van Niek even boven het wateroppervlak uitkomen.

'Heb jij een goede band met je familie?' vroeg Pauline.

Saar knikte, waardoor het water rondom haar hoofd bewoog. Ze kwam wat meer rechtop, zodat ze Pauline kon aankijken. 'Ja, we hebben een goede band', zei ze. 'Mijn ouders wonen een halfuur bij ons vandaan en we zien elkaar heus niet dagelijks, maar ik bel vaak met mijn moeder.'

'Heb je broers of zussen?'

'Een oudere broer, Emile. Hij woont ook in Amsterdam, met zijn vriendin en hun zoontjes.'

'O leuk, dus je bent tante?'

'Ja.' Saar knikte. 'Van twee jongetjes van drie en één.'

'Ik heb ook een neefje. Hij moet nu een jaar of twaalf zijn.' Pauline keek weer spijtig. 'De eerste jaren van zijn leven zag ik hem bijna elke dag. Maar toen...' Ze zweeg en schudde haar hoofd. 'Mijn zus en ik zien elkaar al een tijd niet meer. Ik kan haar missen als kiespijn, maar die kleine mis ik echt. Toch maakte het het ook makkelijker om te emigreren. Als je afscheid moet nemen van een kind...' Ze keek op, fronste en hield toen haar hoofd schuin. 'Jullie hebben geen kinderen toch?'

Saar stokte even. Ze kreeg de vraag natuurlijk wel vaker, veel vaker zelfs. De mensen om haar heen wisten hoe het zat, maar bij mensen die ze minder goed kende, stond ze soms verbaasd over de opmerkingen die er werden gemaakt. Van 'wordt het niet eens tijd?' tot een grappig bedoeld maar o zo lomp 'moeten we anders even uitleggen hoe het moet?' Saar begreep wel dat mensen ernaar vroegen – zij en Niek waren begin dertig, gesetteld, allebei een baan, een kind was het volgende op het geijkte lijstje – maar ze had liever dat iemand direct informeerde naar haar kinderwens, zodat ze een eerlijk antwoord kon geven.

Ze realiseerde zich dat Pauline op antwoord wachtte. 'Eh, nee', zei ze toen, met een schutterend glimlachje. 'Nee, die hebben we niet.'

Pauline hield haar hoofd schuin. Saar richtte haar blik op de zee. Zo midden in het niets, met alleen water om zich heen, voelde ze zich klein. Het gevoel was niet onprettig.

'Sorry', zei Pauline.

Saar keek haar aan en fronste niet-begrijpend. 'Waarvoor?'

'Voor mijn vraag. Ik zie aan je dat het de verkeerde vraag was.'

Saar glimlachte even en schudde haar hoofd. 'Het geeft niet.'

Er viel een stilte waarin Pauline niet verder vroeg. Saar deed haar mond open. 'Niek en ik kunnen geen kinderen krijgen', zei ze toen.

'O.' Pauline keek spijtig. 'Wat rot voor jullie.'

'Ja.' Saar knikte. Ze bewoog haar armen en het water kabbelde zacht om haar heen. Haar duikbril dreef naast haar in het water en met haar vingers speelde ze met de plastic hoofdband. 'We weten het nog maar net', vertelde ze toen. 'We hebben drie jaar van behandelingen achter de rug, allemaal mislukt. Nu zijn we door onze behandelingen heen en de arts ziet geen aanleiding om door te gaan.' Ze slikte even. 'Dat is ook de reden dat we op vakantie zijn gegaan. Even eruit. We hebben het pas vorige week gehoord.'

'Weet je hoe het komt?'

Saar schudde haar hoofd. 'Frustrerend genoeg niet, nee. We zijn allebei gezond, ze kunnen niets vinden. En toch lukt het niet.'

'Wat rot', zei Pauline nog maar eens. 'Ik heb zelf nooit een kinderwens gehad, maar ik kan me voorstellen dat het veel pijn doet als je het zo graag wilt.'

Saar hield haar hoofd achterover, zodat haar haar en voorhoofd nat werden. Daarna veegde ze het verkoelende water weg. 'We moeten ons instellen op een ander soort leven', zei ze toen. 'Die omschakeling is voor ons allebei niet makkelijk. Ook omdat we er op een andere manier mee omgaan.'

Ze wist niet precies waarom ze dit een relatief vreemde vertelde, maar het voelde goed om erover te kunnen praten. Pauline luisterde geïnteresseerd en knikte af toe.

'Niek kijkt voornamelijk vooruit', ging Saar verder. 'Hij lijkt het al geaccepteerd te hebben, terwijl ik daar nog moeite mee heb. Gisteravond hadden we nog ruzie, omdat hij maar de voordelen blijft opnoemen van een leven zonder kinderen.'

'Dat is typisch iets voor mannen', zei Pauline. 'Die dealen niet zo graag met gevoel, dus stappen ze eroverheen en richten zich op iets waarmee ze wel kunnen leven. Dat is veel makkelijker.' Ze trok een gezicht. 'Toen we net geëmigreerd waren, had ik soms heimwee. Niet zo erg dat ik ooit heb overwogen om terug te gaan, maar er was weleens een moment, een steekje...' In haar stem klonk melancholie door en ze fronste. '"Kijk naar hoe mooi het hier is", riep Toine dan. Ik kon daar niets mee. Omdat het twee verschillende dingen zijn.'

'Ja, precies', zei Saar, blij dat Pauline het begreep. 'Het een bestaat naast het ander. Ik snap heus de voordelen, maar dat betekent niet dat mijn verdriet over is.'

'Mannen redeneren wel zo.' Pauline glimlachte, maar het leek geen vrolijke lach. Ze hield haar blik op haar handen gericht, die ze in het water bewoog. 'Dat is zo'n verschil waar je toch nooit uit komt.'

'Heb je weleens overwogen om terug te gaan?' vroeg Saar toen.

Pauline keek op, haar wenkbrauwen gefronst. Ze keek vragend, alsof het voor het eerst was dat ze überhaupt over dat idee nadacht. Daarna schudde ze haar hoofd. 'Dat is geen optie.'

'Nee?'

'Nee.' Pauline rimpelde haar neus en glimlachte toen. 'Zullen we weer eens vissen gaan kijken?'

Saar fronste even bij de plotselinge verandering van onderwerp, en knikte toen. 'Goed idee', zei ze terwijl ze haar duikbril weer opzette. Ze blies het water uit het mondstuk en deed het toen in. Het smaakte zout.

'Wat een heerlijke dag.' Saar leunde achterover op het bankje van de boot en genoot van het briesje op haar gezicht. Ze haalde haar hand door haar haar, het zout van het water had haar lokken in stro doen veranderen. Ze voelde zich heerlijk rozig, wat niet in de laatste plaats te wijten was aan het biertje dat ze net had gedronken.

'We zijn er bijna', zei Pauline, wijzend op de haven die nu rap dichterbij kwam. Toine stond weer aan het stuur en liet het soepel door zijn handen gaan. Even daarvoor had hij Niek de boot laten besturen. Saar was blij dat Toine het weer had overgenomen, want Niek bleek er een nogal sportieve manier van varen op na te houden. Zelfs zij, met haar stalen maag, had er een wee gevoel aan overgehouden.

Nog geen tien minuten later voeren ze de haven in. Toine

minderde vaart en legde de boot keurig op z'n plek. Saar pakte wat spullen en sprong van boord. Even was het raar om weer vaste grond onder haar voeten te voelen, na een dag op het water hadden haar benen zich automatisch aangepast aan de deining.

Niek kwam ook aan wal en nadat Toine en Pauline de spullen in de boot hadden opgeborgen, liepen ze gezamenlijk over de steiger richting de auto's. Er klonk een ringtone en Pauline excuseerde zich toen ze haar telefoon uit de zak van haar korte spijkerbroek haalde. Al bellend liep ze weg.

'We hebben een probleem met het personeel vanavond', zei Toine. 'Er hebben twee barmeisjes afgezegd.'

'Hebben jullie vanavond weer een feest?' vroeg Niek.

'Ja, en het is helemaal uitverkocht. Gelukkig hebben we een lijstje met invallers van wie er meestal wel iemand kan.' Hij keek even naar Niek en fronste toen. 'Hebben jullie zin om ook te komen?'

Saar keek naar Niek en begon al te knikken. 'Klinkt leuk', zei ze.

'Maar het is uitverkocht, toch?' vroeg Niek.

Toine grijnsde. 'Als organisator heb ik altijd wel een paar vrijkaarten achter de hand. Het begint om tien uur.'

'Wat leuk', zei Saar. 'Ik heb enorm veel zin om te dansen.'

'Dat komt dan goed uit, want de dj van vanavond is een van de besten die we hebben', zei Toine. 'Hij woont op Curaçao en komt een paar keer per jaar bij ons draaien. Echt, je weet niet wat je hoort.'

'Super.' Saar knikte enthousiast. 'Waar is het?'

Toine beloofde dat hij de locatie via whatsapp zou sturen. Op dat moment voegde Pauline zich weer bij hen. 'Geregeld', zei ze tegen Toine, en Saar meende opluchting op haar gezicht te bespeuren. 'We moeten wel die kant op, want de drankleverancier is onderweg met die nalevering, maar hij kan het terrein niet op.'

'Oké.' Toine gebaarde in de richting van Niek en Saar. 'Ik heb onze nieuwe vrienden ook uitgenodigd voor vanavond.'

'O, wat een goed idee.' Pauline keek enthousiast. 'Ik hoop dat jullie ervan zullen genieten.'

'Dat komt wel goed', zei Saar. 'Wij gaan even terug naar ons appartement en dan zien we jullie straks.'

Met een opgewonden gevoel stapte ze even later in de auto. 'Zo leuk dat ze ons hebben uitgenodigd', zei ze tegen Niek, die de motor startte. 'Een strandfeest in de Cariben, gaver wordt het niet, volgens mij.'

Niek knikte en gaf even geen antwoord, omdat hij over een onverhard stuk zijn weg zocht. 'Heel gaaf', zei hij, toen ze uiteindelijk de openbare weg op draaiden. 'Ik heb er heel veel zin in.'

'Ja.' Saar knikte opnieuw. Terwijl ze achteroverleunde in haar stoel, bedacht ze dat een avond onbezorgd dansen en cocktails drinken precies was wat ze na het gedoe van gisteravond nodig hadden.

Ze hoorde de muziek al zodra ze het portier opendeed. Een warme windvlaag streek langs haar benen. Het was behoorlijk vol op de parkeerplaats en er reed net een lege bus weg, die een groep feestgangers had afgezet. Saar keek om zich heen en wachtte tot Niek was uitgestapt. Ze schikte haar tasje op haar schouder en was blij dat ze het kleine ding op het laatste moment in haar koffer had gegooid.

'Zullen we?' vroeg Niek, toen hij de auto had afgesloten. Saar knikte. Ze pakte zijn hand en samen liepen ze tegen de lage heuvel op die toegang bood tot het strand. Saar voelde zich ontspannen. Deze avond was zoveel beter verlopen dan gisteren en het vervelende gevoel dat ze had overgehouden aan de ruzie was helemaal verdwenen. Niek was opgewekt geweest, geïnteresseerd, lief. Ze hadden gelachen zoals ze al een tijd niet meer hadden gelachen samen. Het onderwerp kinderen was niet ter sprake gekomen.

De muziek werd luider. Bovenop de heuvel bleef Saar staan. 'Wauw', zei ze, terwijl ze haar blik over het strand liet gaan. Het was een prachtig gezicht. Er hingen lange snoeren met gekleurde lichtjes en bij de dj-booth schenen felle discolampen op de maat van de muziek. Er stond al een groep mensen ontspannen te dansen. Precies zoals je in de Cariben zou verwachten, bedacht Saar. 'Wat een gaaf gezicht', zei ze genietend.

'Ha, jullie hebben het gevonden.'

Saar had niet gemerkt dat Toine en Pauline achter hen waren opgedoken. Ze keek om en begroette hen beiden spontaan met een zoen op hun wang. 'Dank je wel dat jullie ons hebben uitgenodigd. Het ziet er echt super uit.'

Pauline grinnikte om het enthousiasme van Saar. 'Graag gedaan. Kom mee, het eerste drankje is van ons.'

'We willen jullie niet tot last zijn, hoor', zei Saar. 'Jullie moeten vast gewoon werken en...'

'We hebben heus wel tijd voor een drankje', zei Toine en hij wenkte hen mee, langs de beveiligers bij de ingang.

Aan de bar bestelde hij zonder naar hun wensen te vragen twee cocktails. Saar keek goedkeurend toe hoe de barman de shaker vulde. Haar oog viel op twee mannen, die aan weerszijden van de bar stonden opgesteld. Nog meer security.

'Jullie hebben veel beveiliging', zei ze.

Pauline knikte. 'Dat is wel nodig ook. We willen geen gedoe op onze feesten, en we willen ook elke schijn vermijden.'

'Schijn?' vroeg Saar met gefronste wenkbrauwen.

'Van drugshandel', antwoordde Pauline. 'Onze feesten moeten leuk zijn, geen criminele broedplaatsen met alle gevolgen van dien.'

'Is het echt zo erg dan?' vroeg Saar. Ze had moeite zich voor te stellen dat een relaxed feest als dit zo makkelijk een criminele broedplaats zou worden.

Toine knikte en antwoordde in Paulines plaats: 'Het is een gemoedelijk eiland, maar ook Bonaire ontsnapt zoals alle Antillen niet aan keiharde drugshandel. De Nederlandse marechaussee werkt ook hier op het eiland aan terugdringing ervan, maar het lijkt soms wel vechten tegen de bierkaai. De handelaars vinden elke keer weer nieuwe manieren om hun drugs bij afnemers te krijgen.'

'O ja', zei Saar, die zich een beetje naïef voelde. 'Zuid-Amerika is natuurlijk dichtbij.'

'Vorige week is er nog een afrekening geweest op het water', zei Pauline. 'Twee speedboten die elkaar achternazaten. Het kwam tot een vuurgevecht, waarbij uiteindelijk iedereen die op de boten aanwezig was omkwam.' Ze schudde haar hoofd. 'Al die mensen die hun leven wagen voor geld. Toen de politie de boten doorspitte, werden kilo's cocaïne gevonden. Van de straatwaarde kun je vast een leuk huis aanschaffen, maar dan nog.'

'Het zuigt je op', zei Toine. 'Je stapt erin met het idee: snel geld maken en dan eruit. Maar uiteindelijk kom je nooit meer los van de drugsbazen.'

'Ah, je hebt ook Narcos gekeken?' zei Niek gekscherend, verwijzend naar de Netflix-serie over de drugskartels in Colombia. Saar en hij hadden alle afleveringen in slechts twee weken tijd gekeken, zo fascinerend was de serie geweest.

Toine keek niet-begrijpend. 'Wat is dat?'

'Niks.' Niek schudde zijn hoofd. 'Laat maar.'

'Alleen al daarom hoop ik dat die vermiste man snel wordt gevonden', zei Pauline. 'Ik zag al berichten voorbijkomen waarin wordt gesuggereerd dat het om een criminele afrekening gaat. Los van hoe verschrikkelijk dat voor zijn familie moet zijn, willen wij onze feesten daarmee echt niet in verband brengen.'

Nu pas dacht Saar weer aan de vermiste man. De dag op het water had haar hoofd zo leeg gemaakt, dat ze er letterlijk geen seconde meer aandacht aan had besteed.

De cocktails waren klaar en de barman overhandigde haar en Niek beiden een glas met een felrode vloeistof. De ijsblokjes tinkelden tegen elkaar en de rand van het glas was versierd met diverse schijfjes fruit.

'Hij is prachtig', zei Saar bewonderend.

Toine en Pauline hadden beiden een flesje water in hun hand en hieven het bij wijze van toost. 'Op een mooie vakantie', zei Toine.

'En een mooie avond', vulde Saar aan.

Toine nam een slok uit zijn flesje. 'Ik hoop dat jullie ervan zullen genieten.'

'O ja, dat komt wel goed. Wij blijven tot het einde', zei Saar grijnzend. 'Al was het alleen maar omdat we niet terug willen naar ons appartementencomplex.'

Toine fronste. 'Hoezo?'

'Ze zitten in die appartementen van Andrew', antwoordde Pauline voordat Saar dat kon doen. 'Je weet wel, waar vaak overlast is.'

'O vreselijk.' Toine trok een gezicht. 'Is het erg?'

Saar knikte. 'Rapmuziek tot diep in de nacht, de hele avond de barbecue aan recht onder ons balkon, veel geschreeuw. Vannacht besloten de andere gasten om om halfvier te gaan volleyballen in het zwembad. En dat kon natuurlijk niet zachtjes.'

'Het is ook een beetje onze eigen schuld', zei Niek. 'We hadden het kunnen weten als we de recensies hadden gelezen, maar we hebben meteen geboekt toen we het appartement op Airbnb voorbij zagen komen.'

'Waarom nemen jullie ons gastenverblijf niet?' Toine leek het in een opwelling te zeggen, maar toen hij de woorden eenmaal had uitgesproken, knikte hij een paar keer om ze te benadrukken. Pauline volgde zijn voorbeeld. 'Dat is een goed idee.'

Saar dacht dat ze niet helemaal begreep wat hij bedoelde en keek naar Niek. Die had zijn blik op Toine gericht. 'Wat bedoel je?' vroeg hij.

Toine haalde zijn schouders op 'Het staat toch leeg, je kan er zo in. Ik beloof je dat het er doodstil is. We wonen afgelegen en het gastenverblijf staat ook nog eens een eindje bij ons huis vandaan.'

'Nou ja...' Niek keek naar Saar. Die haalde haar schouders op en knikte half, al begonnen in haar hoofd allerlei bezwaren te ontstaan. Het knikken ging automatisch over in hoofdschudden.

'We willen jullie niet tot last zijn', zei ze. 'We blijven nog ruim tweeënhalve week op het eiland en...'

'Maakt ons niet uit.' Pauline schudde ook met haar hoofd. 'Jullie kunnen lekker je eigen gang gaan en we hebben geen last van elkaar. Het gastenverblijf is gewoon een huisje aan de rand van onze tuin.'

'We verwachten de komende weken toch geen gasten', vulde Toine aan.

'Je vakantie wordt een stuk leuker als je je niet hoeft te ergeren aan dronken Amerikanen', zei Pauline glimlachend.

'Wij moeten gewoon werken, dus we zijn niet eens zo veel thuis. En als het jullie niet bevalt, kunnen jullie altijd nog teruggaan naar jullie eigen appartement.'

'Het klinkt goed', zei Niek, die langzaam begon te knikken. 'Ja. Zeker.'

Saar aarzelde. Ze zag ook zeker de voordelen, maar ergens had ze haar reserves. Ze had het idee dat de uitnodiging in een opwelling was gedaan en was bang dat Toine en Pauline er spijt van zouden krijgen. Hoe lang kenden ze elkaar nou helemaal?

'Wij vinden het echt niet erg', benadrukte Pauline, die de blik op Saars gezicht juist interpreteerde. 'En mocht dat na een paar dagen wel zo zijn, dan zullen we het eerlijk zeggen.'

'Ik wil dat je dat echt doet', zei Saar stellig. 'Ik zou het vervelend vinden als we jullie tot last zijn.'

'Beloofd', zei Pauline en toen knikte Saar.

'En we willen ervoor betalen', zei ze.

'Dat hoeft echt niet, want...'

Saar schudde haar hoofd. 'Dan komen we niet', onderbrak ze Pauline. 'Het voelt niet goed om er gratis gebruik van te maken.'

Pauline glimlachte. 'Oké, nou, als je erop staat. Maar dan wel een vriendenprijs.'

'Goed', zei Saar eveneens lachend. 'Nou, bedankt voor de uitnodiging. Rust klinkt inderdaad heel goed.'

Toine hield zijn halfvolle waterflesje omhoog en proostte met niemand in het bijzonder. Saar antwoordde met eenzelfde gebaar met haar cocktail en richtte daarna haar blik op de dansende menigte, die steeds groter werd.

'Als jullie ons willen excuseren', zei Pauline. 'Het werkt roept.'

'Ja, natuurlijk', knikte Saar. 'We houden jullie alleen maar op.'

'Geniet van jullie avond. We zien elkaar straks nog wel.'

Saar stak even haar hand op en keek toe hoe Toine en zijn vrouw allebei een andere kant op liepen. Ze nam nog een slok van haar cocktail, die fris en zoet tegelijk smaakte. De alcohol begon z'n werk al een beetje te doen en ze voelde zich wat licht in haar hoofd.

'Wat ontzettend aardig van ze', zei ze tegen Niek. 'Dat gastenverblijf klinkt zoveel beter dan waar we nu zitten.'

'Ja.' Hij lachte even. 'Echt heel vriendelijk.'

Even stonden ze zwijgend naast elkaar, allebei met hun blik gericht op de andere feestgangers. Ongemerkt had Saar haar glas al leeggedronken. Ze zette het op de bar en keek Niek aan. 'Zullen we dansen?'

Hij knikte. Hand in hand liepen ze naar de dansvloer, die eigenlijk het hele gedeelte voor de dj-booth besloeg. Saar voelde het zand in haar sandalen kruipen en even overwoog ze om haar schoenen uit te doen. Ze deed het niet, maar het idee van blote voeten in het zand kwam haar wel aantrekkelijk voor.

De dj had een loungenummer opgezet, dat perfect paste bij de sfeer van het feest. Gedurende het nummer werd de beat langzaamaan opgevoerd en waar Saar eerst nog met rustige bewegingen de maat volgde, begonnen haar armen en heupen automatisch steeds meer te bewegen. Ze voelde Nieks handen op haar taille en draaide zich om zodat ze met haar rug naar hem toe kwam te staan. Toen deed ze een stap naar achter en hij legde zijn armen nu helemaal om haar middel. Hun bewegingen gingen precies tegelijk. Saar glimlachte en genoot. Hier waren ze altijd goed in geweest. Op de dansvloer begrepen ze elkaar.

Drie nummers later bracht Niek zijn mond naar Saars oor. 'Zullen we nog wat gaan drinken?'

Saar wilde de hele avond wel op de dansvloer blijven staan, maar knikte toen en liep achter hem aan naar de bar. Ze aarzelde of ze nog zo'n cocktail zou nemen, maar ging toch maar voor Amstel Bright. Als ze te hard ging met de cocktails zou ze binnen no time knock-out zijn.

Terwijl ze wachtten op de drankjes, viel Saars blik op een papier in een doorzichtig plastic mapje, dat slordig op een paneel achter de bar was geprikt. Ze fronste en vroeg zich af of het er net ook al had gehangen. Het was haar niet opgevallen. Ze boog zich naar voren en zag een zwart-witprint van een foto van een jonge man die ontspannen naar de camera lachte. Ze kende die foto, ze had hem eerder vandaag op internet gezien.

Missing, stond er in grote letters onder de foto. Daaronder in een kleiner lettertype de naam van Patrick Koelstra en een naam en telefoonnummer waarop mensen eventuele informatie konden melden. Ook werd wie meer wist verzocht contact op te nemen met de politie.

Saar wendde haar blik af. Op een of andere manier voelde de vermissing dichterbij – en echter – nu ze op dit feest was. Patrick had gisteravond misschien ook wel zo aan de bar gestaan als zij nu stond, genietend van een leuke avond, geen idee van het onheil dat hem boven het hoofd hing.

Of had hij wel iets geweten, of was hij niet ontspannen geweest? Ze had geen idee, ze kende hem niet. Maar vreemd genoeg voelde ze ineens een zekere betrokkenheid, al was dat nergens op gebaseerd. Ze keek naar de dansende mensen. Toen een windvlaag langs haar schouders streek, huiverde ze even.

Hoofdstuk 6

Warm water kletterde neer op haar hoofd. Saar hield haar ogen gesloten en genoot van het gevoel. Liters tegelijk, afkomstig uit de grote regendouche boven haar hoofd. Ze had er de afgelopen dagen al zo vaak onder gestaan, maar nog steeds voelde het heerlijk.

Met twee handen streek ze het water en haar natte haar uit haar gezicht. Ze liet haar adem ontsnappen, nam daarna weer een hap lucht en opnieuw liet ze het water rijkelijk over haar hoofd stromen. Ze zou hier de halve dag kunnen blijven staan, als ze geen andere plannen had.

'Komen jullie vanavond borrelen?' had Pauline die ochtend gevraagd. Saar had aarzelend ja gezegd. Ze waren hier al vier nachten en ze begon zich hoe langer hoe meer bezwaard te voelen dat zij en Niek, behalve de vriendenprijs die ze voor de kamer betaalden, niets bijdroegen. Elke ochtend hing er een zak met verse broodjes aan de deur, bij wijze van ontbijt. Ze waren ook al een keer uitgenodigd om uitgebreid op het terras te komen ontbijten. Saar had gezegd dat ze ervoor wilde betalen, maar daarvan hadden Toine en Pauline niets willen weten. En nu die borrel weer. 'Laat ons de inkopen doen', had Saar vanochtend meteen bij de uitnodiging gezegd. 'Dan hebben jullie er geen werk aan.' Maar Pauline had geantwoord dat ze alles al in huis had en dat ze bovendien nog een paar mensen had uitgenodigd. Saar wist niet wat dat laatste ermee te maken had, ze kon best wat meer inkopen doen. Maar het was niet nodig, had Pauline gezegd, ze zou er zelf amper werk aan hebben.

'Als dat hun keuze is', had Niek schouderophalend gezegd toen Saar het met hem had besproken. 'Wij hebben het in elk geval aangeboden.'

Saar hield nog één keer haar gezicht onder de waterstraal en draaide toen de douche uit met de knop aan de muur. Daarna kneep ze het water uit haar haar en reikte naar de douchedeur, die met een zacht klikje openging. Daar wachtte haar een dikke, witte handdoek. 'Ik heb nog steeds het gevoel dat we in een vijfsterrenresort zitten', zei ze tegen Niek, toen ze de badkamer uit kwam.

Haar vriend lag op zijn rug op bed en was verdiept in zijn telefoon. Het leek hem moeite te kosten het ding op vakantie aan de kant te leggen, iets wat Saar juist elke dag makkelijker afging. Inge had de boel op de sportschool onder controle en Saar had er alle vertrouwen in dat er in haar afwezigheid geen rampen zouden gebeuren.

'Niek?' zei ze, toen haar vriend geen reactie gaf. 'Hoor je me?'

'Hm?' Hij maakte weliswaar geluid, maar Saar had niet de indruk dat wat ze zei tot hem was doorgedrongen. Naakt ging ze naast hem liggen en keek ook naar zijn telefoon.

'Wat is er zo interessant?'

'Niets.' Met een druk op het knopje aan de zijkant van

het toestel vergrendelde Niek het scherm. 'Sorry, ik ben een beetje verslaafd. Daar moet ik echt aan werken.'

'Wat was je aan het doen?' vroeg Saar, verwonderd dat hij zijn telefoon ineens uitzette.

'Werk.' Hij grijnsde verontschuldigend. 'En, nou ja, ik zat even op Facebook.'

Saar grinnikte. Niek had weinig met social media en het verbaasde haar dat hij op vakantie zijn tijd ermee verdeed.

'Een oud-collega had een link naar een interessant artikel geplaatst', zei hij. 'Iets over ethisch hacken.'

'Wat is dat?'

'Inbreken in een computer om de betreffende instantie erop te wijzen dat er een lek in de beveiliging zit, zonder daadwerkelijk iets te doen met de gegevens waar je ineens bij kan.'

Saar fronste. 'Klinkt nobel.'

'Vroeger viel er geen droog brood mee te verdienen, maar tegenwoordig huren grote bedrijven voor veel geld ethische hackers in om hun eigen IT-teams scherp te houden.' Hij keek Saar aan. 'Ik had beter hacker kunnen worden, als ik lees wat voor bedragen die gasten ontvangen. Uiteraard geldt dat voor de happy few, maar als je echt goed bent, kun je er behoorlijk op binnenlopen.'

'Jij bent ook goed in wat je doet', zei Saar, terwijl ze overeind kwam om zich aan te kleden. 'Kijk maar naar hoeveel klanten je hebt. Je bent krap twee jaar geleden voor jezelf begonnen.'

'Ja.' Niek knikte, maar er zat iets terughoudends in het gebaar. 'Maar het is hard werken in een volle markt met veel concurrentie. Elke dag staan er nieuwe IT-beloften op, die meer weten dan ik, sneller werken, meer talent hebben.'

'Waarom zeg je dat?' vroeg Saar. 'Je klanten zijn hartstikke tevreden over je. Je agenda zit tot halverwege volgend jaar vol. En niemand doet moeilijk over je dagtarief, terwijl je je in het begin afvroeg of het niet te hoog was.'

Niek zweeg en staarde even voor zich uit. Saar maakte van het moment gebruik om de kledingkast te openen en er een zwart zomerjurkje met een open rug uit te halen. Misschien was het een beetje te formeel voor een borrel, maar ze had zin om uit te pakken. Ze had een heerlijke dag gehad, fijn gezwommen in het zwembad, een stuk gelezen in haar boek en na de douche van zojuist voelde ze zich verkwikt.

'Mooie jurk', zei Niek, die vanaf het bed toekeek hoe ze zich aankleedde. Saar glimlachte en keek in de spiegel. Het zwarte jurkje omsloot haar slanke taille perfect, het kant waarmee het aan de bovenkant was afgewerkt, maakte het chique. Ze schoof haar voeten in eveneens zwarte espadrilles en keek daarna Niek weer aan.

'Maak je nou niet druk over je werk', zei ze opbeurend. 'Voor goede IT-consultants is altijd werk en je zei zelf dat die software waarin je hebt geïnvesteerd, je geen windeieren legt. Als je daarmee iets unieks aan je klanten kunt bieden, hoef je je toch nergens zorgen om te maken?'

Niek keek nog even voor zich uit en schudde toen langzaam zijn hoofd. 'Nee', zei hij, al miste er nog wat overtuiging in zijn stem. Hij schraapte zijn keel en toen hij zijn mond weer opendeed, klonk hij al zekerder. 'Dat is ook zo.'

'Over een tijdje heb je je investering terugbetaald en kun je ook wat meer geld als salaris uit de zaak halen. Dat geldt trouwens voor ons allebei.'

'Ja.' Niek knikte. 'Ik moet me er ook niet druk om maken, maar je weet hoe ik ben.'

Saar lachte. Toen Niek bijna twee jaar geleden zijn vaste baan als IT-consultant had opgezegd om voor zichzelf te beginnen, had het ook een tijd geduurd voor hij weer goed sliep. De beslissing om als zelfstandige verder te gaan, had daarvoor al heel wat voeten in de aarde gehad. Het was een verstandige beslissing geweest, dat wel. Niek wist wat zijn werkgever per uur voor hem aan de klant doorberekende, en hij wist wat hij zelf kreeg. Al een paar keer had een klant gevraagd of hij niet direct in te huren was. Het concurrentiebeding in zijn contract maakte dat hij na zijn vertrek niet met die klanten in zee kon gaan, maar wat rondvragen had hem geleerd dat er genoeg andere bedrijven waren waar hij zo aan de slag kon. Zeker als hij investeerde in bepaalde software, waarvan Saar nooit helemaal had begrepen wat er zo bijzonder aan was. Niek had haar verzekerd dat hij daarmee, aangevuld met een aanzienlijke hoeveelheid serverruimte, echt een meerwaarde kon bieden. Ze had hem meteen geloofd, al had hij er een flinke lening bij de bank voor moeten afsluiten. Maar dat zou hij terugverdienen, had hij haar verzekerd. Tot nu toe had hij nooit moeite gehad om zakelijk gezien de eindjes aan elkaar te knopen, en kon hij zichzelf een heel redelijk salaris betalen.

Niek kwam overeind. 'Ik ga me omkleden.'

Saar liep naar de badkamer en föhnde haar haar. De zon had het al wat lichter gemaakt, zag ze. Het viel haar nu eigenlijk pas op hoe bruin ze was geworden.

Ze maakte zich op, spoot wat haarlak in haar haar en parfum in haar nek en liep daarna de badkamer uit. Niek stond klaar in een donkerblauwe korte broek en een wit, linnen overhemd. Saar glimlachte naar hem. Hij zag er knap uit. 'Klaar om te gaan?'

Hand in hand wandelden ze door de tuin naar de villa van Toine en Pauline. Het was bijna zeven uur en de zon had aan kracht verloren. Her en der in de tuin stonden lampen. Het terras werd naast het late zonlicht ook zacht verlicht door gelige lampen en een aantal tuinfakkels. Saar bleef even staan om ernaar te kijken. 'Prachtig', zei ze zacht tegen Niek. Die knikte en humde instemmend.

'Kom, kom verder.' Vanaf het terras wenkte Toine hen met een armgebaar. 'Ga lekker zitten.'

'Het ziet er allemaal prachtig uit', zei Saar en ze snoof diep. De lucht was zwaar en rook zoetig, naar iets wat van de planten afkomstig was en was blijven hangen. De geur werd verdrongen doordat Toine op haar afliep en haar begroette met een zoen die vast voor haar wang was bedoeld, maar op haar mond belandde. Dat overviel haar. Zijn overdadige aftershave prikte in haar neus. Toine leek haar ongemak niet op te merken.

'Wat zal ik inschenken?' vroeg hij, toen hij ook Niek met een omhelzing had begroet. Saar grinnikte zonder geluid om de ongemakkelijkheid waarmee haar vriend de knuffel onderging. Ze zocht zijn blik, maar hij keek weg.

'Wijn? Biertje?' Toine hield zijn handen afwachtend in de lucht, zijn bovenlijf al naar het huis gekeerd zodat hij meteen de drankjes kon gaan pakken.

'Ik wil eigenlijk wel wat water', zei Saar en ze merkte dat ze automatisch een verontschuldiging in haar stem legde, alsof ze met het bestellen van iets zonder alcohol de spelbreker was die de avond niet kon gebruiken. Toine fronste alsof ze had gevraagd om een champagne uit een goed jaar.

'Ja. Ja, natuurlijk. Jij wel een biertje toch?' Dat laatste was bedoeld voor Niek, en het was geen vraag. Toine wachtte het antwoord dan ook niet af voor hij naar binnen verdween.

Niek glimlachte kort en deed zijn mond open om iets te zeggen, maar voor hij daartoe de kans kreeg, verscheen

Pauline op het terras. Ze droeg een wit strapless jurkje, dat zo spande om haar borsten dat Saar het idee had dat ze het expres een maatje te klein had gekocht. Ze droeg hoge hakken en een rijtje gouden armbanden en haar haar was opgestoken in een ingewikkelde constructie. Saar voelde zich ondanks haar jurkje underdressed.

'Wat zie je er mooi uit', zei ze, toen ook Pauline haar met zoenen begroette alsof ze elkaar lang niet hadden gezien.

'O...' Pauline glimlachte en streek met haar beide handen haar jurkje naar beneden. 'Dank je', zei ze toen. 'Heeft Toine al drankjes voor jullie gehaald?'

'Dat is hij volgens mij nu aan het doen.' Saar ging weer zitten en keek toe hoe Pauline naast haar op de loungebank plaatsnam. Haar blik had iets afwezigs.

'Het gastenverblijf is echt prachtig', zei Saar. 'We zijn zo blij dat we er gebruik van mogen maken.'

Pauline glimlachte. 'Toine en ik hadden het er net nog over hoe leuk het is om mensen te ontmoeten met wie je meteen zo'n klik hebt. Dat gebeurt niet zo vaak, nietwaar?'

'Ja.' Saar knipperde een paar keer. 'Dat is zeker waar.' Er viel even een stilte. 'Het gastenverblijf is trouwens echt heel mooi, net als het huis. Hebben jullie er eigenlijk veel aan gedaan of heb je het zo gekocht?'

'O nee, we hebben het helemaal laten verbouwen', zei Pauline. Ze maakte een armgebaar richting de villa. 'Dat geldt ook voor dit huis. Het was een bouwval toen we hier kwamen. Eigenlijk is het pas net twee maanden af. De plaatselijke bouwbedrijven hebben nog nooit zoveel werk gehad.' Ze grinnikte. 'Je huis verbouwen op Bonaire is meteen een lesje Antilliaanse cultuur. En geduld kweken.'

Er volgde een hele rits anekdotes waar Saar hartelijk om moest lachen. Van bouwvakkers die pas na twee weken kwamen opdagen tot een ambtenaar die uiteindelijk een vergunning had verleend, maar niet voor het juiste adres. Daarna vertelde ze over de bouwmaterialen die ze vanaf de andere Antillen hadden laten overkomen, een bepaald soort tegel zelfs uit Amerika.

Ondertussen was Toine teruggekomen met de drankjes. Hij had behalve water ook een glas rosé voor Saar neergezet, waar ze een verwonderde blik op wierp. 'Is deze voor jou?' vroeg ze aan Pauline, maar die hield al een glas in haar hand. Het was een whiskyglas met een doorzichtige vloeistof erin.

'Heb ik je die tegels eigenlijk laten zien?' vroeg Pauline toen, met een rimpel in haar voorhoofd. Daarna beantwoordde ze haar eigen vraag. 'Nee, we zijn helemaal niet boven geweest. Wil je ze zien?'

'Graag', zei Saar en nieuwsgierig liep ze achter Pauline aan naar binnen. Eerder hadden Saar en Niek al een rondleiding op de benedenverdieping gehad. Die bestond voornamelijk uit een ruime, lichte woonkamer met een hoog plafond en een donkere, natuurstenen vloer. Saar keek naar twee prachtige schemerlampen die haar nu pas opvielen. 'Handgemaakt', zei Pauline met een gebaar naar de houten poten. 'In Kralendijk zit een geweldige meubelmaker. Het duurde meer dan twee weken per lamp, maar het resultaat is zo mooi.'

Ze liepen naar boven, waar Pauline haar de badkamer liet zien. Ze ging met haar hand over de muur, het gebaar was bijna liefkozend. 'Kijk, dit zijn ze.'

'Mooi', zei Saar, hoewel het haar ontging wat er precies zo speciaal was aan de grijze tegels, die zo te horen nogal wat geld hadden gekost. Haar blik werd intussen naar de douche getrokken. Ze probeerde haar verwondering niet te laten merken, maar de grote doucheruimte bevatte niet alleen twee douchekoppen, maar ook een spiegelwand. Ze had nog nooit zoiets gezien en moest haar best doen om niet te staren.

'Ik zal je ook de slaapkamers laten zien', zei Pauline, die Saars verbazing niet opmerkte. Saar knikte en liep vlug achter Pauline aan. Die opende een van de deuren en liet Saar binnen in een kamer met een groot tweepersoonsbed, groter dan de gebruikelijke maat.

Deze keer merkte Pauline Saars blik wel op. 'We houden van ruimte', zei ze met een glimlachje. Saar kon er niets aan doen dat haar blik naar het plafond werd getrokken, waar ook al een grote spiegel hing. Was de douchewand misschien nog ter decoratie bedoeld, ze kon maar één reden verzinnen waarom mensen een spiegel boven hun bed zouden hangen.

'Mooi hè?' zei Pauline, die haar blik volgde. 'Je wilt niet weten wat dit met je doet.'

Saar slikte en schraapte snel haar keel. Ze wist niet of het verbeelding was dat Paulines stem ineens anders klonk. Dieper. 'Ja', zei Saar snel, zoekend naar een manier om het gesprek een andere wending te geven. 'Mooie kast', zei ze toen, en ze hoorde zelf hoe vreemd die opmerking klonk, maar Pauline liet zich afleiden.

'Ik heb nogal veel kleding.' Ze giechelde en leek ineens veel jonger dan ze was. 'Dat mis ik sinds we hier wonen: vandaag besteld, morgen in huis. Die service kennen ze op Bonaire niet.'

Saar glimlachte een beetje. Ze wist eigenlijk niet meer zo goed wat ze boven kwam doen. 'Zullen we?' vroeg ze, terwijl ze richting de trap liep.

Toen ze weer beneden kwamen, waren er twee mannen

aangeschoven. Saar schudde hen de hand, de ene had een opvallend donkere stem en stelde zich voor als Jason, de ander leek haar een stuk jonger – hooguit halverwege de twintig – en heette Ramos.

'Jason regelt vaak beveiligers voor onze feesten', zei Toine bij wijze van verklaring. Hoe hij Ramos kende, lichtte hij niet toe. Saar keek onopvallend naar beide mannen. Zoals ze naast elkaar zaten op de grote loungestoelen, licht voorovergebogen, ellebogen steunend op de knieën, het zachte schijnsel van de fakkels weerkaatst op de donkere huid van hun gezicht, zouden ze net zo goed broers kunnen zijn. Toch had ze het vermoeden dat ze dat niet waren.

Ze keek naar haar glas op de tafel en zag dat haar water was bijgevuld. De wijn was weg, vervangen door een drankje dat leek op wat Pauline had gedronken. 'Drink lekker', zei Toine. 'Of hou je niet van gin-tonic?'

Saar knikte, nam een slokje en knikte toen weer. Toine en Pauline hadden zo hun best gedaan om het haar, Niek en de twee andere gasten naar de zin te maken – de hele tafel stond inmiddels vol hapjes. Misschien was het van hen uit gezien ook wel ongezellig als ze alleen water dronk. 'Lekker', zei ze.

Paulines glas was ook bijgevuld. Het was Saar opgevallen dat het glas nooit leeg was, omdat het keer op keer door Toine werd bijgevuld.

'Uiteindelijk draait het op zulke feestjes natuurlijk allemaal om het uiterlijk', hoorde ze Toine zeggen tegen Niek en de twee mannen, die naar hem luisterden. 'Aantrekkingskracht, mooie kleren, een goed figuur – dat is waar die jongeren mee bezig zijn.' Hij grinnikte in zichzelf, alsof hij iets grappigs had gezegd. 'Nou ja, niet alleen de jongeren natuurlijk.'

‘Maar wie is jullie doelgroep?’ vroeg Niek. ‘Toeristen?’

‘Voornamelijk, ja. En dan de wat jongere toeristen. Maar iedereen is welkom, natuurlijk.’ Hij fronste even. ‘Hebben jullie zin om nog een keer te komen? Morgenavond is er ook eentje en uiteraard zijn jullie welkom. Jason is aan het werk, Ramos komt ook.’

Saar keek naar Niek. De blik op zijn gezicht was bedenkelijk, ze wist alleen niet waarom. De herinnering aan het vorige feest bezorgde haar nog steeds een glimlach.

‘Leuk’, zei ze, met een blik op Niek. ‘Ik ben er wel voor in.’

‘Afgesproken.’ Toine knikte. Hij keek haar aan en kneep even zijn ogen samen. Daarna glimlachte hij en knikte opnieuw. ‘Voor een mooie vrouw heb ik altijd wel een kaartje.’

Saar gaf geen antwoord, maar trok kort haar wenkbrauwen op. Ze wist niet zo goed wat ze aan moest met iets wat misschien als flirt was bedoeld, maar dan wel erg opzichtig. Of misschien was het gewoon een compliment.

Toine legde de locatie van het betreffende strand uit, maar al na drie route-aanwijzingen was Saar de draad kwijt. ‘Ik app het wel’, zei hij toen. ‘Het is niet moeilijk te vinden.’

Saar knikte en keek om zich heen. Toine en Niek praatten verder, samen met de twee mannen, Pauline was even naar binnen verdwenen. Saar leunde achterover en nam een slokje van haar cocktail. Om haar heen snerpten de krekels, de lucht was nog steeds aangenaam warm. Ze voelde de alcohol meteen in haar bloed en sloot even haar ogen.

Het liep al tegen elven toen Saar merkte dat ze moe was. ‘Wij gaan zo maar eens slapen’, zei ze, kijkend naar Niek. Ze hadden plannen gemaakt om morgen naar het National Park aan de noordkant van het eiland te gaan. In dit natuurgebied waren onder andere zoutpannen te bewonderen, naast heel veel planten en dieren. Saar had gelezen dat je er prachtig kon wandelen en in deze tijd van het jaar, het regenseizoen, stonden veel bloemen ook nog in bloei. Ze hoopte dat ze daarna nog tijd hadden om wat over het eiland te toeren om andere *saliñas,* zoutmeren, te bewonderen en flamingo's te kijken, maar dan moest ze wel uitgerust zijn.

'Nog eentje om het af te leren', zei Toine, met een blik op haar glas en dat van Niek. Het leek geen vraag te zijn. Hij reikte naar haar glas, op hetzelfde moment dat Saar haar water wilde pakken, dat naast haar op de brede leuning van de loungebank stond. Even raakten hun handen elkaar en ze trok die van haar snel terug, maar gooide daarbij haar waterglas om.

'O, wat stom van me', zei ze verontschuldigend. Ze sprong overeind. 'Ik pak even een doekje.'

'Dat doe ik wel.' Toine lachte ontspannen. 'Geen zorgen.'

Ondanks zijn tegenwerping liep Saar zelf ook naar de keuken. 'Sorry', zei ze, omdat ze had gezien dat het water ook op de mooie, witte kussens van de bank terecht was gekomen.

Toine gaf geen antwoord. Saar liep naar buiten met een keukendoek en depte de leuning en de kussens. Daarna bracht ze de doek terug. Toine was nog bezig cocktails te mengen, omdat hij met nog één drankje kennelijk geen water had bedoeld. 'Het geheim is veel gin en weinig tonic', zei hij grijnzend, toen Saar toekeek hoe hij de drankfles op z'n kop hield boven haar glas. Ze rook de alcohol in zijn adem en vroeg zich af hoeveel hij zelf al had gedronken. En ook waarom. Het was gewoon een gezellig borreltje, geen speciale gelegenheid, geen feest. Toch zaten Toine en Pauline allebei in te nemen alsof hun leven ervan afhing.

Dat gold trouwens ook voor Jason. Ramos daarentegen had geen druppel alcohol tot zich genomen.

Toine was klaar met de gin en topte het glas af met wat tonic. Saar keek naar de cocktail en hoopte tegen beter weten in dat die niet voor haar was. Toine pakte het glas op, maar maakte een bruuske beweging. De drank gutste een beetje over de rand en droop via zijn hand op de grond. Met zijn tong likte hij zijn hand schoon, helemaal tot aan zijn pols. Saar keek toe. Het gebaar gaf haar een ongemakkelijk gevoel. Misschien kwam het doordat Toine haar aankeek terwijl hij het deed. Ze wendde haar blik af en veinsde interesse voor het recht leggen van de doek die ze net op het aanrecht had gelegd.

Het volgende moment deed Toine een stap naar voren. Ze voelde zijn vingers om haar arm, als een klem. Voor ze doorhad wat er gebeurde, was zijn mond al bij haar oor. Ze voelde het nat van zijn lippen tegen haar oorschelp en trok snel haar hoofd opzij, maar bij bewoog mee en zijn mond bleef dicht bij haar huid. 'Kijk maar', zei hij, de alcohol misselijkmakend in haar neus. 'Wat ik met mijn tong kan, heb jij nog nooit meegemaakt.'

Saar hield haar adem in. Hij was veel te dichtbij, brutaal binnengedrongen in haar ruimte. Ze wilde hem wegduwen, maar om een of andere reden deed ze niets. Ze stond als verstijfd en voelde haar hart hameren. Zijn woorden echoden in haar hoofd.

Ineens was hij verdwenen. Ze voelde zijn vingers nog om haar bovenarm, de vijf plekken brandden alsof ze met hete vloeistof waren bewerkt. Ze wreef erover met de vingers van haar andere hand en merkte dat ze trilde.

Wat ik met mijn tong kan, heb jij nog nooit meegemaakt. De woorden kwamen haar even bizar als goedkoop voor.

Ze had heus wel Toines blik opgemerkt, het opzichtige geflirt van eerder die avond. Het leek haar onnodig, een beetje sneu zelfs. Al had ze geen relatie gehad, dan nog zou ze er niet voor in zijn om iets te beginnen met een man die minstens tien jaar ouder was en totaal niet haar type. Ze vond hem popi-jopi en veel te overtuigd van zichzelf. Te amicaal ook en met een air alsof iedereen op zijn affectie zat te wachten. Nou, zij niet en ze wist zeker dat er geen enkel moment was geweest waarop ze het tegendeel had laten blijken. De in haar oor gehijgde opmerking kwam op haar over als wanhopig en viezig. Ze slikte, maar de bittere smaak die in haar mond was ontstaan, verdween niet.

Met haar hand zocht ze steun tegen het aanrecht. Ze leunde ertegenaan. Nu moest ze terug naar buiten, maar ze zag ertegenop. Het liefst zou ze Toine in niet mis te verstane bewoordingen vertellen wat ze van zijn gelispel vond en daarna vertrekken. Maar ergens vond ze dat ze het ook niet kon maken er een punt van te maken, na alles wat Toine en Pauline voor hen hadden gedaan. Misschien moest het maar afdoen als een totaal ongepaste, dronken opmerking.

Plotseling voelde ze zich moe. Ze wilde naar bed, zonder nog een veel te sterke cocktail te moeten wegwerken. Ze schudde haar hoofd. Het hele incident kwam haar bijna surreëel voor. Het was dat ze zo helder was en de stem in haar oor nagalmde, anders zou ze misschien hebben gedacht dat ze het verkeerd had verstaan. 'Viezerik', mompelde ze zacht, tussen haar tanden.

Uiteindelijk rechtte ze haar rug en trok haar schouders naar achteren. Ze hief haar kin, haalde diep adem en zette zich af tegen het aanrecht. Toen ze naar buiten liep, leken haar hakken harder tegen de natuurstenen vloer te tikken dan zo-even.

Haar glas stond voor haar klaar op de leuning van de bank. Ze vermeed Nieks onderzoekende blik, evenals die van Pauline. Toine zat er ontspannen bij – zijn ene been over zijn andere geslagen, de teenslipper van de hoogste voet bungelde nonchalant heen en weer. Saar keek hem niet aan, maar voelde zijn ogen zwaar op zich gericht. Uitdaging, straalde hij uit. Spot, misschien. In elk geval geen gêne, laat staan berouw.

Toen ze ging zitten was ze zich op een rare manier bewust van zichzelf. Haar bewegingen waren zwaarder, ze voelde haar ledematen nadrukkelijk. Er zat iets houterigs in haar manier van doen toen ze haar benen over elkaar sloeg. Op het moment dat ze zich de gelijkenis met Toine realiseerde, zette ze haar voeten snel naast elkaar op de grond. Er was een stilte gevallen, die hard in haar oren zoemde.

Ze keek naar haar glas, de stukjes fruit in de doorzichtige cocktail, het zwarte rietje, de belletjes die zo nu en dan omhoogschoten. Bij de gedachte dat ze het vocht in haar mond zou zuigen, werd ze misselijk. Het gesprek ging verder, niemand lette meer op haar.

Twintig minuten later hield ze het niet meer uit. 'Ik ben moe', zei ze met een bruuskheid in haar stem die ze niet kon verbergen. Meteen daarna stond ze op. Ze streek haar jurkje glad, of misschien was het een poging de stof zoveel mogelijk naar beneden te duwen en daardoor een zo groot mogelijk stuk van haar benen te bedekken. 'Zullen we gaan?'

Ze excuseerde zich niet voor het drankje dat ze liet staan en waar ze niet om had gevraagd. Niek kwam ook overeind. 'Bedankt voor de gezellige avond', zei Saar. Ze hield expres afstand. Afscheid nemen met zoenen was te veel van het goede. 'Tot morgen. Tot ziens.' Dat laatste was bedoeld voor de twee mannen.

'Welterusten', zei Toine. Saar keek onopvallend naar hem, maar zijn blik was gericht op Niek. Hij was opgestaan en nu lag zijn arm losjes om de schouder van Pauline. Zou ze het weten, vroeg Saar zich af. Niet wat hij tegen haar had gezegd, maar dat hij zo was? Waarschijnlijk wel. Misschien vond ze het niet erg, hadden ze er afspraken over gemaakt. Misschien was ze niet in de positie om zich eraan te storen. Of misschien hing er veel minder gewicht aan dan Saar erachter zocht.

Terwijl Saar met Niek door de tuin wandelde, pakte ze zijn hand. Hij kneep erin en keek haar van opzij aan. Vluchtig keek ze terug en richtte haar blik toen weer op het pad voor zich, bestraat met fijn, zandkleurig grind. Om de zoveel meter werd het pad vanaf beide zijden verlicht door spots. Saar hield zich nog even in. Ze wilde Niek graag vertellen wat er was voorgevallen, maar eerst moesten ze in het gastenverblijf zijn.

Zodra ze de deur achter hen had gesloten, gooide ze de woorden eruit. Niek fronste en kneep zijn ogen samen. 'Wat bedoel je?'

'Ik zweer het je, dat zei hij echt.' Nu ze de woorden hardop uitsprak, kreeg ze weer dat vieze gevoel. Hoe langer ze erover nadacht, hoe meer de situatie haar als volstrekt bizar voorkwam. 'Hij fluisterde het ook nog in mijn oor. Het was gewoon ranzig.'

'Getver', zei Niek en hij trok zijn neus op. 'Volgens mij was hij behoorlijk dronken.'

'Ja, maar dan nog.'

Niek schudde kort zijn hoofd. 'Het is wel een vreemde vogel.'

'Ja.' Saar haalde diep adem. 'Hij keek me daarna ook zo raar aan. Helemaal niet alsof hij zich schaamde dat hij zich per ongeluk even had laten gaan. Meer alsof hij verwachtte dat ik in vuur en vlam zou staan voor hem.'

'Denk je?' Niek kneep zijn ogen samen. 'Hij weet toch dat je met mij bent? Dat zou wel heel schaamteloos zijn.'

'Schaamteloos is wel een woord dat ik bij hem vind passen.'

Niek keek eerst nadenkend en knikte toen. 'Dat ben ik met je eens.' Hij keek haar aan. Saar haalde diep adem. 'Kunnen we niet beter naar het appartement terug gaan? Misschien dat het toch niet zo vrijblijvend is dat we hier mogen logeren.'

Niek fronste. 'Wil je dat?'

'Ik vind het gewoon geen fijn idee.' Saar ging op de rand van het bed zitten. 'Na vanavond heb ik het bijna het idee dat we er iets voor terug moeten doen. Iets wat ik niet wil. Je wil niet weten hoe het er boven uitziet. Ze hebben een douche met twee koppen en een enorme spiegelwand. En, erger nog, boven het bed – het extra grote bed – hangt ook een gigantische spiegel. Dat zegt toch iets?' Nu ze er weer aan dacht, kreeg ze hetzelfde ongemakkelijke gevoel als toen ze ernaast hàd gestaan.

Niek staarde haar aan met iets ongelovigs in zijn blik. 'Dat zal toch wel meevallen? Toine had gewoon een beetje te veel gedronken en er zijn wel meer mensen die van spiegels houden. Volgens mij is Toine gewoon een macho en als die zich laat meeslepen door de drank...' Hij haalde zijn schouders op.

'Dat met die twee mannen was toch ook vaag', ging Saar nog even door. 'Het zou me niet verbazen als die zo meteen met z'n allen naar boven vertrekken.'

'Denk je dat?' Niek schudde zijn hoofd. 'Volgens mij zie je nu echt spoken.'

‘Er hing echt een vreemde sfeer. En dan die rare opmerking van Toine...’ Ze huiverde even. ‘Als je het mij vraagt, zijn wij op tijd weggegaan.’

Niek tuitte nadenkend zijn lippen. ‘Als je terug wilt naar het appartement, kunnen we dat doen, hè’, zei hij toen. ‘Maar misschien moeten we het nog even aankijken. Het is hier wel echt heel fijn.’

Saar aarzelde nog even. Ze moest Niek wel gelijk geven, maar dat betekende niet dat ze Toines opmerking en de vreemde sfeer zomaar kon vergeten. Niek had zich inmiddels omgedraaid en was naar de badkamer verdwenen. Even later hoorde Saar het gebrom van de elektrische tandenborstel. Ze knipperde een paar keer en bleef met een onbestemd gevoel midden in de kamer staan.

Hoofdstuk 7

Even was Saar omringd door een galmende stilte. Ze had zo'n diepe ademteug genomen dat haar longen pijn deden. Langzaam liet ze de lucht ontsnappen en toen haar longen leeg waren, bleef ze zo lang mogelijk onder water om zichzelf te testen. Pas toen de ademreflex bijna te sterk werd, zwom ze naar de oppervlakte. Daar bleef ze een paar seconden drijven om de lucht diep in haar longen op te nemen. Vervolgens zwom ze naar de rand van het zwembad en hees zichzelf omhoog uit het water. Op een van de ligstoelen lag Niek met zijn telefoon voor zijn gezicht.

'Het koelt nu lekker af', zei Saar, terwijl ze naast hem ging zitten. Het liep tegen zevenen en de zon brandde niet meer zo hard als de hele dag het geval was geweest. De laatste stralen van de dag verspreidden een aangename warmte, en er was een briesje komen opzetten. Saar pakte haar boek, maar legde het meteen weer weg. Ze voelde zich onrustig. Vanavond zouden ze naar het strandfeest gaan. Gisteren had het Saar nog leuk geleken, maar na het vreemde gedoe met Toine had ze er vandaag minder zin in gehad. Die middag hadden ze overwogen om af te zeggen, maar uiteindelijk was het Niek geweest die had voorgesteld om toch te gaan. 'Een leuk feest is nooit weg', had hij gezegd, en inderdaad moest Saar toegeven dat het de keer ervoor heel geslaagd was geweest.

Ze keek weer op haar horloge. Het feest begon pas over een paar uur, en in de tussentijd wilden zij en Niek nog ergens snel iets eten. Er was geen noodzaak om nu al te gaan omkleden, maar ze had ook geen zin om hier te blijven liggen.

'Ik ga hardlopen', zei ze, terwijl ze opstond. Ze had al twee dagen niet gesport, wat haar onrust vast ten dele verklaarde. 'Het is nu niet meer zo warm.'

Niek humde iets, knikte en wenste haar succes, allemaal zonder zijn ogen los te maken van het scherm. 'Ach kind, vroeger zat iedereen met zijn neus in de krant', had haar moeder laatst gezegd, toen Saar had geklaagd dat ze moest concurreren met de telefoon. 'En jij bent trouwens niet veel beter.' Dat laatste was waar, moest ze toegeven, al lukte het haar op vakantie wel om haar telefoon links te laten liggen.

Via de stenen trap liep ze naar de hoger gelegen tuin en daarna naar het gastenverblijf. Daar trok ze haar natte zwemkleding uit en haar sportkleren aan. Ze vulde haar bidon met water uit de koelkast en deed zweetbandjes om haar polsen. Als laatste deed ze haar oordopjes in, en het volgende moment bonkte de muziek in haar oren. Automatisch bewoog ze mee met haar hoofd op het ritme.

Tot aan de weg liep ze in rustig tempo, eenmaal buiten het hek ging ze over in looppas. Eerst kalm om haar spieren op te warmen, maar al snel verhoogde ze het tempo. Ze vond het juiste ritme voor haar ademhaling en voelde hoe er al een zweetdruppel langs haar slaap naar beneden gleed. Het was toch warmer dan ze had gedacht. Ze zette de muziek nog wat harder en genoot van het samenvallen van de beat en het ritme van haar voetstappen.

Ze keek om zich heen. In dit deel van het eiland woonde bijna niemand. Ze liep op het onverharde stuk naast de doorgaande weg, er was in geen velden of wegen een auto te bekennen. De weg was slecht onderhouden, her en der zag ze gaten. Saar hoopte dat ze de huurauto aan het einde van de vakantie zonder beschadigingen konden inleveren, maar daar was ze inmiddels al niet zo zeker meer van.

Thuis in Amsterdam bestond haar hardlooproute vaak uit twee of drie keer hetzelfde rondje door het park, meestal moest ze zich een weg banen door wandelaars en kinderwagens. Ze probeerde ook weleens door de stad te rennen, maar raakte altijd geïrriteerd omdat ze zo vaak moest stoppen voor voetgangers of omdat er weer eens een stoplicht op rood stond. Soms reed ze naar het Amsterdamse bos om daar wat meer in de rust te kunnen rennen.

Het contrast met waar ze nu liep was groot. Aan haar linkerkant was de verlaten asfaltweg, rechts zag ze niets anders dan rode aarde en talloze cactussen. Een paar meter verderop schoot een hagedisje weg onder een steen. Saar zette een tandje bij, er liep nu een straaltje zweet over haar rug. Ter hoogte van haar oor voelde ze een vage hoofdpijn opkomen, die na een paar slokken water weer verdween. Het leek of met de pijn ook haar gedachten verdwenen. Haar hoofd voelde hoe langer hoe leger. Sport miste z'n uitwerking nooit, bedacht ze tevreden. 'Als je sport komen er endorfinen vrij', hield ze de leden in haar sportschool vaak voor. 'Niet voor niets worden endorfinen gelukshormonen genoemd.' Vaak genoeg werd ze cynisch aangekeken als ze dat zei, zeker als het tegen het einde van een pittige les liep en het grootste deel van de groep met z'n tong op z'n knieën probeerde het tempo bij te houden. Maar achteraf voelde iedereen zich beter, hoorde ze vaak. Datzelfde had ze nu zelf ook. Muizenissen hadden haar hoofd verlaten en ze begon meer zin te krijgen in het feestje. De opmerking van Toine was al helemaal naar de achtergrond verdwenen. Ze had er veel te zwaar aan getild. Dronken praat moest je nooit serieus nemen.

Na precies vijf kilometer keerde ze om en liep hetzelfde stuk terug. De zon begon te zakken en eindelijk werd het merkbaar koeler. Er kwamen meer hagedisjes tevoorschijn, eentje glipte net voor Saars voeten weg. Ze wiste het zweet van haar voorhoofd.

Sneller dan verwacht was ze weer bij de villa. Ze had nog energie in haar benen en overwoog om een stukje door te rennen, maar uiteindelijk hield ze toch halt. De gedachte aan een verkoelende douche was ook aantrekkelijk. Ze opende het kleine, donkergroene loophek en ging de tuin binnen. De scharnieren knarsten toen ze het hek weer in het slot duwde.

Het leek alsof met het zakken van de zon de tuin tot leven was gekomen. Getsjirp van krekels vulde Saars oren, maar dat was niet het enige. Overal ritselde wel iets, rond haar benen zoemde een groepje muggen dat ze wegsloeg. Gefascineerd keek ze naar een grote tor die zijn weg zocht tussen een zee aan vetplanten. Het leek wel alsof alles hier groter was dan in Nederland. De muggen, de torren, de spinnen – alsof de warmte hen deed opblazen.

Ze liep verder. Verderop zag ze het gastenverblijf al liggen, maar haar spieren waren nog te warm om al tot stilstand te komen. Ze kon beter een langere coolingdown doen. Altijd als ze haar spieren niet goed liet afkoelen, had ze de dag erna spierpijn.

Ze keek om zich heen en zag dat iets verderop een klein pad zich afsplitste van het grindpad. Saar liep erheen en vroeg zich af of het bedoeld was om op te lopen. De ondergrond was grind, maar er lagen minder steentjes dan op het andere pad. Tussen de planten was echter wel ruimte gemaakt. Het pad voerde naar een lagergelegen deel van de tuin dat haar eerder niet was opgevallen. Het perceel rond de villa moest nog groter zijn dan ze had gedacht.

Rustig wandelde ze verder. Het pad voerde een stukje naar beneden en leek daarna op te lossen. Er was geen grind meer, maar een half vergaan gravel paadje, alsof het oorspronkelijke pad langzaam maar zeker door de tuin was terugveroverd zonder dat iemand er iets aan had gedaan. Het enige wat eraan herinnerde was het patroon waarin de planten waren neergezet. Een smalle doorgang was vrijgelaten. Saar keek naar rechts, waar een knalgroen vogeltje zat te zingen in een struik.

Ze liep door. Hoe verder ze kwam, hoe dichter de begroeiing op elkaar stond. Verderop zou ze weer bij het hoofdpad uitkomen, zag ze. Het leek alsof in dit deel van de tuin zelden iemand kwam. Tussen de cactussen en vetplanten stond veel onkruid. Een paar planten waren opgeschoten en ontnamen de rest van de beplanting zonlicht. Het rook gronderig.

Saar liep verder. Ze begon er spijt van te krijgen dat ze deze route had genomen, niet in de laatste plaats omdat haar lichtroze hardloopschoenen onder de aarde kwamen te zitten.

Plotseling bleef ze staan. Vanuit haar ooghoek had ze iets gezien dat onbewust haar aandacht had getrokken. In een reflex zette ze een flinke stap achteruit. Ze onderdrukte een gil toen een heel kleine slang niet ver bij haar voeten vandaan over het pad kronkelde. Met bonkend hart keek ze het dier na toen het over de aarde kroop, verder bij haar vandaan.

Een beetje lacherig over haar eigen angst hield ze haar blik op de slang gericht. Die kroop half onder een plant met glimmende groene bladeren, maar leek zich toen te bedenken en boog af naar een stuk waar de beplanting minder dicht was en verdween daar.

Saar kneep haar ogen samen. Nu ze erop lette, zag ze dat de beplanting op dat stuk vrijwel ontbrak. Hoewel de planten in dit deel van de tuin dicht op elkaar stonden en hier en daar zelfs woekerden, bevond zich te midden daarvan een open plek waar niets stond. En de aarde, die op andere plekken een hard en droog dek vormde, was hier juist losgewoeld.

Saar staarde naar de grond. Nu ze beter keek, zag ze dat het stuk dat was omgewoeld, een rechthoek vormde van zo'n twee bij één meter. Net toen ze verder wilde lopen, viel haar oog op de wortels van een cactusplant. Ze bleef weer staan en fronste. De cactus leek uit de aarde te zijn getrokken en slordig te zijn neergegooid, half onder een struik, alsof iemand niet had geweten wat hij ermee aan moest.

Ze stapte over wat lage planten heen, tot ze naast het omgewoelde stuk stond. Daar zakte ze op haar hurken. Ze strekte haar arm en liet haar hand over de omgewoelde aarde gaan. De bovenlaag voelde weliswaar korrelig en droog, maar wel los, zoals ze al had vermoed. Ze bewoog haar hand naar het stuk ernaast. Daar was de aarde zo hard dat die zich amper liet loswoelen. Ze had het idee dat ze zich eraan kon snijden, zo droog was de grond.

Ze pakte een handje omgewoelde aarde en liet die door haar vingers glijden. Nu ze dichterbij stond, zag ze dat de rechthoek kaarsrecht was. De lange zijden liepen precies evenwijdig aan elkaar, de korte zijden stonden er haaks op. Het leek haar stug dat het uitgegraven stuk eerst was uitgezet met een meetlint, maar gezien de precisie ervan zou het niet eens ondenkbaar zijn.

Terwijl ze met haar hand op de aarde op haar hurken bleef zitten, keek ze om naar de grote villa in de verte. Haar fantasie nam een loopje met haar, dat wist ze wel, maar ze stond haar gedachten toe om op hol te slaan. Het ene na het andere idee kwam in haar op. Het huis, de luxe, het leek niet te passen bij het leven dat Toine en Pauline hadden. Het was vast lucratief om strandfeesten te organiseren voor toeristen die niet keken op een drankje meer of minder, maar dan nog: de villa verried dat er meer moest zijn dan een goedlopend bedrijf dat misschien eens per week een feest organiseerde, wat minder in het laagseizoen. Misschien waren Toine en Pauline al vermogend geweest toen ze naar het eiland verhuisden, dat zou kunnen. Saar had niet rechtstreeks willen vragen naar het werk dat Pauline en Toine in Nederland hadden gedaan, die nieuwsgierigheid ging over de grenzen van de beleefdheid. Bovendien waren het haar zaken niet. Maar dat weerhield haar er niet van om maar met de mentale vragen in haar hoofd te blijven spelen.

Welbeschouwd was Toine een rare, dat had hij gisteravond wel laten merken. Wie weet verstopte hij iets vreemds, iets waardoor ze meer inzicht zou krijgen in hem en Pauline en de zaken die ze deden. Ze was niet helemaal van gisteren, ze wist ook wel dat Bonaire naast een bloeiende toeristenindustrie nog een florerende business kende.

Eentje waarvan je bijzonder rijk kon worden zonder dat het voor de buitenwereld zichtbaar was wat je deed. Het was nota bene Toine zelf die haar eraan had herinnerd.

Ze legde haar handen op de aarde en aarzelde toen toch. Moest ze dit wel doen? Wat als ze inderdaad iets vond? Geld? Drugs? Spullen die niet voor niets begraven waren en verborgen moesten blijven? Ze was er niet zeker van of ze het wel wilde weten, terwijl tegelijkertijd haar hand al begon te graven. Ze was nieuwsgierig genoeg om zich te blijven afvragen wat er begraven zou kunnen liggen. Als ze zichzelf nu geen antwoord verschafte, zou het maar in haar hoofd blijven zitten. En misschien had ze het zich wel allemaal verbeeld.

Met haar eigen mentale toestemming in gedachten begon ze nu met twee handen te graven. Ze voelde hoe de aarde zich vastzette onder haar nagels. Een spinnetje schoot weg, ze rook een grondlucht.

Ze had gedacht dat de aarde onder de eerste losse laag vaster zou zijn, maar ook toen ze met haar hand al tien centimeter diep reikte, ging ze er makkelijk doorheen. Ze bezeerde zich aan een steentje en trok haar hand terug om te zien of ze een snee had opgelopen, maar er was niets te zien behalve de groezelige aarde. Ze stopte beide handen weer in het gat dat ze had gemaakt en groef verder, terwijl ergens de gedachte opkwam dat ze zichzelf belachelijk maakte. Misschien had ze toch niet zoveel naar Narcos moeten kijken.

Ze kwam steeds dieper. Tien centimeter, vijftien, twintig. Ze maakte het gat wat breder. Een paar keer keek ze om, maar de tuin was verlaten. Even stelde ze zich voor dat Toine of Pauline nu ineens achter haar zou opduiken. Ze had geen idee wat ze dan moest zeggen. 'Ik vroeg me af of jullie misschien vreemde zaken in de tuin begraven, dus ik ben even gaan kijken.' Bij die gedachte schudde ze haar hoofd, zo bizar kwam die haar voor.

Ze keek naar de omtrek van de rechthoek. Ze was begonnen met graven aan de zijkant, ongeveer in het midden. Met haar rechterhand maakte ze het gat nog wat breder, met haar linker wat dieper. De huid van haar vingers kleurde donkeroranje, roestig, de kleur van de grond. Niek zou straks vast vragen hoe dat kwam en waarom haar schoenen zo vies waren. Ze wist zeker dat hij haar voor gek zou verklaren als ze vertelde wat ze had gedaan.

Ze voelde weerstand onder haar vingers. Vrijwel gelijktijdig trok er een windvlaag voorbij. Ze wist niet welke van de twee de rilling op haar rug veroorzaakte. Haar vingers gingen schuil onder een laag aarde en ze kon niet zien wat ze had geraakt. Het voelde koud en hard, maar niet als metaal. Eerder massief.

Terwijl haar ademhaling versnelde, groef ze verder. Het voorwerp was dikker dan een wortel, voelde ze. Ze stak haar vingers nog wat verder in de grond om meer ruimte te maken en streek de aarde van het voorwerp af.

Het volgende moment verstijfde ze. Terwijl haar ogen de vorm van het ding registreerden, stribbelden haar hersenen uit alle macht tegen. Ze sloot haar ogen, maar automatisch vlogen ze weer open. Ze knipperde, en nog een keer, en nog eens. Haar maag trok samen. Ze wilde niet zien wat het was, zich niet realiseren wat er in de aarde verstopt lag. Ze staarde ernaar terwijl ze hijgend ademhaalde. Haar hart bonkte zo hard in haar keel dat het pijn deed. Het schoot door haar hoofd dat ze hier nooit had moeten komen. Ze slaakte een kreet.

Ze kromp ineen, haar maag protesteerde. Haar blik liet

zich niet losmaken, ook al wilde ze het niet zien. Het lukte haar niet om haar hersenen er nog langer van te weerhouden om een woord te vormen.

Met open mond staarde ze naar de hand. Haar ademhaling ging nu schokkerig. Kort, haastig, bijna alsof ze aan het kokhalzen was. Ze wilde schreeuwen, maar het geluid bleef steken in haar keel. De hand lag daar maar, blauwig, bijna doorschijnend. Haar blik schoot naar de arm, waarvan maar een klein stukje zichtbaar was. Een zilverkleurig horloge rond de pols, vuil dat zich had vastgezet in de openingen van de metalen band. Net achter het horloge verdween de arm verder onder de grond.

Het leek of de details bij haar naar binnen knalden. Het horloge, de donkere aarde onder de randen van de nagels en op de bleekgrijze huid die de vingerkootjes omspande. Vaag besefte ze dat ze de hand had aangeraakt, onwetend waar de weerstand in de aarde vandaan kwam. Dat idee was zo gruwelijk dat ze het niet kon laten doordringen. Ze verdrukte de gedachte, voor nu. Terwijl ze schokkend met haar bovenlichaam naar lucht hapte, keek ze naar de vingers. Die stonden gekromd, alsof ze plotseling waren verstild tijdens een uiterste poging iets vast te grijpen.

Ze schreeuwde opnieuw. Het geluid klonk hard en koud en weerkaatste in haar eigen oren. Met uiterste krachtsinspanning weerhield ze zichzelf ervan om over te geven. Het zingen van de vogel was gestopt. In alle hevigheid kwam de vluchtreflex op. Ze gooide aarde terug in het gat, maar haar handen trilden zo hevig dat ze elke keer miste. Het volgende moment rende ze zo hard weg, dat een scherpe pijn door haar hele lichaam sneed. Ze viel drie keer en haalde haar knieën open voor ze de deur bereikte.

De knal waarmee de deur tegen de muur vloog, klonk als een kanonschot. De deur schudde in de sponning. Omdat ze zoveel vaart had, viel ze zo ongeveer naar binnen. Ze struikelde en kon zich nog net vastgrijpen, anders was ze voorover op de houten vloer terecht gekomen. Zodra ze haar evenwicht had hervonden, gooide ze de deur achter zich dicht en draaide het slot twee keer om. Daarna probeerde ze de klink, maar die gaf niet mee. Met een wild armgebaar trok ze het gordijn dicht, terwijl haar ademhaling gierde. Ze zag een beweging achter zich en gilde de longen uit haar lijf. Het volgende moment werd ze vanachter vastgegrepen, twee sterke armen om haar middel, iemand riep iets in haar oor.

'Saar! Wat is er? Wat is er aan de hand?' Toen langzamerhand de stem tot haar door begon te dringen, kregen ook de woorden betekenis. 'Saar, liefje, rustig nou.'

Ze draaide zich om en liet zich opnemen in Nieks omhelzing. Hij klemde zijn armen om haar heen, terwijl zij haar hoofd tegen zijn schouder duwde.

'Wat is er?' vroeg Niek met zijn mond tegen haar haar. Toen ze niet reageerde, maakte hij zich van haar los en hield haar op een armlengte afstand, zodat hij haar aan kon kijken. 'Hé, is er iets gebeurd tijdens het hardlopen?'

Trillend probeerde Saar genoeg adem te verzamelen om een antwoord te formuleren. Nieks blik ging over haar lijf en bleef eerst hangen bij haar vieze handen en verplaatste zich naar haar kapotte knieën en haar schoenen die onder de aarde zaten. 'Ben je gevallen? Heeft iemand je iets aangedaan?'

Saar schudde haar hoofd. 'Een hand', bracht ze schokkerig uit. 'Er ligt een hand in de tuin.'

Niek keek tegelijkertijd niet-begrijpend en waakzaam. 'Een hand?'

'Ja, een arm. Een lijk.' Saar struikelde over haar woorden. 'Er ligt een lijk. Ik ging graven en toen vond ik een hand.'

'Je ging graven?' Niek kneep zijn ogen samen en staarde opnieuw naar haar vieze handen. 'Waar heb je het over?'

'De aarde zag er raar uit.' Saar keek hem aan, ongeduldig, smekend. 'We moeten hier weg! Nu!'

'Wacht even.' Niek stak zijn hand op. 'Dus jij ging in de tuin graven en toen vond je de hand van een lijk.' Toen hij het uitsprak, leek hij zelf de onwaarschijnlijkheid van die woorden op te merken.

Saar was te opgefokt om mee te gaan in zijn verbazing. 'Ja', zei ze ongeduldig. 'Echt.'

'Waar dan? Ik wil het zien.' Niek reikte naar de deur, die net door Saar hermetisch was afgesloten.

'Nee!' In één sprong stond ze naast hem en trok zijn hand weg bij het slot. 'Niet gaan kijken. We moeten weg, dat het is het enige wat nu telt. We moeten naar de politie.'

'Maar Saar...' Niek keek haar aan. 'Ik begrijp er eerlijk gezegd niets van. Weet je het wel zeker? Heb je het goed gezien?'

'Wat?' Saar staarde hem een moment lang aan. 'Natuurlijk heb ik het goed gezien. De vingers... De hand...' Ze knipperde terwijl het beeld dat ze net even van haar netvlies had verdreven, zich weer in volle hevigheid opdrong. Meteen begon ze weer te beven. In haar keel brandde zuur gal. 'Het was echt een hand, er zat een horloge om de pols. Er ligt daar een lijk.'

'Maar wie is het dan?' vroeg Niek, alsof Saar dat wist.

'Ik wil er niet eens over nadenken.' Saar ijsbeerde door de kamer. Met bruuske bewegingen sloot ze alle gordijnen.

Niek ging op de rand van het bed zitten met zijn hoofd in zijn handen. Daarna streek hij met zijn handen door zijn haar en richtte zijn gezicht naar haar op. Hij deed zijn mond open om iets te zeggen, maar wist kennelijk niet wat precies. Daarna floot hij tussen zijn tanden en wendde zijn blik af. Hij vloekte binnensmonds. 'Wat moeten we nu doen?'

'Weg natuurlijk.' Saar voelde iedere spier in haar lijf gespannen staan. 'Ik blijf hier geen seconde langer. En we moeten naar de politie.'

Niek keek haar weer aan. Hij knikte kort, maar begon toen zijn hoofd te schudden. 'Ik weet het niet, Saar. Moeten we ons hier wel mee bemoeien? Je weet niet wat hier achter zit. Wie de dader is.'

'Dat lijkt me vrij duidelijk.' Saar gebaarde in de richting van de villa. 'Waarom ligt er anders een lijk in hun tuin?'

'Misschien weten ze het zelf niet.'

'Des te meer reden om de politie te bellen.'

Niek haalde diep adem. Hij maakte zich los en begon heen en weer te lopen door de kamer. 'Als dit iets in het criminele circuit is, moeten we daar niet in verzeild raken, Saar. We kunnen beter doen alsof we van niets weten en gewoon weggaan.'

'Wat doe je nou raar?' Saar keek Niek fel aan. 'Er ligt hier een lijk in de tuin en jij zegt: laat maar, we bellen de politie niet, veel te gevaarlijk.' Ze merkte dat er een snik in haar stem zat en ze voelde een vreemd soort wanhoop. Wat was dit voor vreemde reactie?

Er schoot haar iets te binnen en haar eigen gedachte zorgde voor een steek die haar ademhaling afsneed. 'Straks gaat het nog om die vermiste Nederlander', zei ze.

'Denk je dat echt?' Haar vriend ijsbeerde nog steeds door de kamer, maar hield zijn pas plotseling in. 'Dat zal toch niet?'

'Ik weet het niet', zei Saar, maar haar eigen gedachten veroorzaakten een golf van koude rillingen die zich niet liet stoppen.

Niek deed zijn mond open om iets te zeggen, maar sloot hem toen weer. Hij staarde naar de vloer en schudde zijn hoofd. Toen hij weer opkeek, zag Saar ook wanhoop in zijn blik. 'Ik weet het ook niet. Ik ben gewoon bang dat...'

'We weten niet eens of zij ermee te maken hebben', zei Saar, en weer maakte ze een handgebaar in de richting van de villa. 'Het enige dat ik zeker weet, is dat we bij de politie moeten zijn.'

Niek staarde haar aan, alsof het nu pas tot hem doordrong wat de situatie was. Toen begon hij langzaam te knikken. 'Oké. Ja. Misschien heb je gelijk.' Hij keek zoekend om zich heen, zonder dat het duidelijk was wat hij kwijt was. Toen keek hij Saar weer aan. 'Maar dan zorgen we dat we daarna weggaan. Ik wil hier niet blijven.'

Saar knikte. 'Ik ook niet.' Ze pakte haar telefoon en ontgrendelde het scherm. Toen bleef ze even staan, haar vinger boven het telefoon-icoontje. Gek genoeg voelde ze een aarzeling. Wat moest ze zeggen?

Niek keek haar aan. 'Wat is er?'

'Niks.' Saar schudde haar hoofd. Ze dwong zichzelf het alarmnummer in te toetsen en bracht de telefoon langzaam naar haar oor. Eén keer ging hij over, toen klonk er een klikje en nam een vrouw op. 'Meldkamer politie, wat is het noodgeval?'

Saar deed haar mond open, haalde diep adem en sloot hem toen weer. Ze keek hulpzoekend naar Niek. De woorden die zo voor de hand lagen ontglipten haar.

'Hallo?' vroeg de vrouw. 'Dit is de meldkamer van de politie. Wat kan ik voor u doen?'

'Ik, eh...' Saar likte aan haar droge lippen en slikte een paar keer. 'Ik heb een lijk gevonden.'

Het was alsof die woorden een duwtje gaven aan een

sneeuwbal op een hoge helling vol poedersneeuw. De bal rolde naar beneden en won in hoog tempo aan vaart en omvang. Waar bent u? Waar is het lichaam? Heeft u iets gezien? Gehoord? Er komt een auto uw kant op, twee auto's, een onderzoeksteam. Blijf waar u bent. Heeft u een idee wie het is? Kunt u die straatnaam nog één keer spellen? Kunt u beschrijven waar het is? Wie zijn de eigenaars van het huis?

Zo goed en zo kwaad als het ging legde Saar uit waar zich de onverharde weg bevond waaraan de villa van Toine en Pauline stond. Kennelijk was die niet bekend en ze herinnerde zich vaag dat Toine zoiets had gezegd. Een paar keer keek ze hulpzoekend naar Niek, die een beter richtingsgevoel had.

'Ik zie welke weg u bedoelt', zei de vrouw uiteindelijk. 'Mijn collega's zijn onderweg, ze zijn er binnen vijf minuten. Is er een hek?'

'Ja.' Saar knikte. 'Mijn vriend zal het opendoen.'

Ze gebaarde naar Niek dat hij naar buiten moest lopen om de politie toegang te geven. Hij knikte een paar keer en verdween. Snel sloot Saar de deur achter hem. Ze wist niet waarom, maar het gaf haar een veiliger gevoel. Buiten was het alsof de dood ineens overal was.

'Zijn de eigenaars van het huis thuis?' vroeg de vrouw van de meldkamer.

Saar schudde haar hoofd. 'Ze zijn, eh... Ze hebben vanavond een strandfeest. Dat organiseren ze. Wij zouden er ook naartoe gaan.' Ze wist niet waarom ze dat laatste toevoegde.

'Heeft u hun contactgegevens?'

'Ja.' Saar knikte en beet op haar lip. 'Ik heb hun nummer. Dat is, eh...' Ze haalde haar telefoon van haar oor en keek even naar alsof ze het toestel voor het eerst zag. Toen bedacht ze dat ze zelf het nummer van Toine niet had, maar dat het in Nieks telefoon stond. 'Mijn vriend heeft het. En hij is, eh...'

'Geen zorgen. Dat komt zo wel.'

'Sorry, ik ben een beetje...' Saar haalde diep adem, maar kwam niet op het juiste woord.

'Het is ook niet niks allemaal.' De stem van de vrouw had iets meelevends. 'Je zult wel enorm geschrokken zijn.'

'Ja.' Saar ging op de rand van het bed zitten, maar kwam meteen weer overeind. 'Ik vind het doodeng.'

'Dat is begrijpelijk. Mijn collega's zijn er nu bijna, ze rijden de weg richting het huis op. Zij nemen het nu verder over.'

'Oké. Ja.' Saar knikte een paar keer, alsof ze zichzelf daarmee moed kon geven. Ze wilde niet dat de vrouw zou ophangen, al wist ze zelf niet waarom. 'Bedankt', zei ze met een dun stemmetje.

'Succes. En sterkte.'

Daarna werd de verbinding verbroken. Ineens was de stilte peilloos diep. Haar bonkende hart was het enige geluid dat gonsde in haar oren. Ze wilde dat ze nooit naar Bonaire was gegaan.

Hoofdstuk 8

Saar liep besluiteloos door de kamer. Ze wilde naar buiten en ook weer niet. Haar oren zoemden in het ritme van haar hart. Ze stak haar hand uit naar de deur, raakte even de klink aan en trok hem toen terug. Daarna haalde ze diep adem en dwong zichzelf toch de deur te openen. Het geluid van knerpend grind drong door tot haar oren. De auto's waren binnen het hek. Vrijwel meteen klonken de doffe klikken waarmee portieren dicht werden gegooid. Ze keek vanuit de kamer of ze iets kon zien, maar de beplanting ontnam haar het zicht. Uiteindelijk stapte ze toch maar naar buiten. Ondanks de klamme warmte die haar als een deken omsloot, huiverde ze over haar hele lichaam. Ze zette een paar passen naar voren.

'Saar!' Niek riep haar van een afstand en gebaarde dat ze zijn kant op moest komen. Via het hoofdpad liep ze naar het groepje zich inmiddels had verzameld. Twee politieauto's en een gewone personenauto stonden slordig geparkeerd naast hun gehuurde Opel. Er waren zes mannen uitgestapt.

Een van hen maakte zich los uit het groepje dat bezig was spullen uit de auto's te halen. Hij kwam op haar af. Saar schatte hem halverwege de vijftig, gezien zijn kroeshaar dat bij de slapen wat grijs begon te worden. Zijn ogen stonden sympathiek, meelevend zelfs. Hij stak zijn hand uit, die Saar schudde. 'Williams', stelde hij zich voor met alleen zijn achternaam. 'Bent u degene die het lichaam heeft gevonden?'

Saar knikte. Ze rechtte haar rug en voelde pijn in haar gespannen schouders. In haar bloed gierde onverminderd de adrenaline. 'Ja', zei ze toen, haar stem zekerder dan zich voelde. 'Dat ben ik.'

'Kunt u ons de locatie laten zien?'

Saar knikte. Even draaide ze zich om naar Niek. 'De politie wil graag het nummer van Toine, zodat ze hem op de hoogte kunnen brengen', zei ze.

Haar vriend knikte. 'Regel ik', zei hij, en daarna liep Saar voor de politieman uit naar de plek waar ze eigenlijk helemaal niet meer wilde komen. Bij elke stap leken haar voeten zwaarder te worden. In gedachten was ze weer terug bij het moment, minder dan een uur geleden. Als ze gewoon verder was gelopen...

Ze schudde haar hoofd en stond zichzelf niet toe om verder te denken. Hier schoot ze niets mee op. In plaats daarvan concentreerde ze zich op haar passen en keek naar de aarde, die hier nog een droge en harde bovenlaag vormde. De beplanting werd dichter en dichter, de aarde donkerder. Toen bleef ze staan. 'Daar', wees ze, terwijl ze haast niet durfde te kijken naar het stuk omgewoelde grond. In haar paniek had ze de aarde teruggegooid over de hand en toch was ze bang dat ze die opnieuw zou zien. Alsof hij op een of andere manier ineens uit zichzelf omhooggekomen zou zijn en nu als landmark uit de grond zou steken. De gekromde vingers, de kleur van de dood... Ze schudde met haar hoofd, maar het beeld liet zich niet verjagen.

De agenten gingen zorgvuldig te werk. Ze trokken beschermende kleding aan en begonnen de vindplaats af te zetten. Saar keek toe hoe een van hen in de weer ging met rood-wit gemarkeerd lint, alsof er een menigte op afstand moest worden gehouden. Ze zette een paar passen achteruit, tot ze achter het lint stond. Twee agenten liepen voorzichtig naar het omgewoelde stuk en gingen op één knie zitten. De handen waarmee ze in de grond begonnen te graven waren gehuld in blauwe handschoenen. Saar wendde haar blik af.

Haar hart sprong omhoog toen ze een hand op haar rug voelde. Het volgende moment hoorde ze Nieks stem in haar oor. 'Laten we hier weggaan.'

'Ja', zei Saar, maar ze bleef staan. Ze wilde het niet zien en tegelijkertijd kon ze ook niet weglopen. Het was geen hang naar sensatie die haar hier hield, ook geen plichtsbesef. Iets in haar wilde het gewoon met eigen ogen zien. Weten dat ze het zich niet had verbeeld.

Ze hoefde niet lang te wachten. Het kostte de agenten maar een paar minuten en toen richtte een van de twee zich op en gebaarde met zijn hand naar zijn collega's. Meteen kwam iedereen in actie. Saar keek toe hoe zich voor haar ogen een geoliede machine ontvouwde. Iedereen nam als vanzelf een plek in. Er werd apparatuur tevoorschijn gehaald, plastic zakken, mondkapjes. Er verscheen een man met een fototoestel om zijn nek. Twee jonge agenten liepen onder het lint door, beiden een schop in hun hand. Ondertussen kraakten onophoudelijk de portofoons. Uiteindelijk wendde Saar haar blik af. Ze had genoeg gezien.

Net toen ze zich omdraaide om naar hun kamer te gaan,

stuitte ze op agent Williams. 'We hebben het lichaam gevonden', zei hij, alsof dat nog niet duidelijk was. 'We willen graag uw verklaring opnemen, als vinder van het lichaam.'

Saar knikte. 'Ja. Natuurlijk. Ik, eh...' Ze gebaarde naar wat er achter haar gebeurde. 'Ik wil het eigenlijk niet zien.'

'Dat begrijp ik. De verklaring hoeft ook niet hier en nu. U mag ook naar het politiebureau komen. Eventueel kunnen we u brengen.'

Saar knikte opnieuw, een paar keer achter elkaar. 'Het bureau', zei ze toen. 'Ja, geen probleem. Ik wil alleen even mijn spullen...' Ze gebaarde in de richting waar zich het gastenverblijf bevond. 'Ik wil hier niet terugkomen.'

'Natuurlijk.' De agent glimlachte bemoedigend. 'Heeft u een plek waar u dan kunt verblijven?'

'Ja, we hebben...' Saar wilde vertellen over het appartement, maar knikte toen alleen maar. Het was niet erg belangrijk. 'Dat komt goed', zei ze toen alleen maar en de agent knikte.

'Dan zien we jullie zo op het bureau.' Hij gaf haar zijn kaartje. 'Hier staat het adres op.' Hij blikte even naar Niek. 'Fijn als jullie met z'n tweeën kunnen komen.'

Saar beloofde het en zonder om te kijken liep ze met snelle passen naar het gastenverblijf. Toen ze opzij keek, zag ze dat Niek er bleek uitzag. Voor hem uit liep ze naar binnen.

Ze trok de kastdeur open en begon aan haar koffer te sjorren, maar die gaf niet mee. Ze trok er harder aan, er kraakte iets in de kast. Het was alsof ze alles wat in haar raasde stopte in de kracht waarmee ze aan het handvat trok. Toen de koffer uiteindelijk meegaf, tuimelde ze bijna achterover. Ze begon haar kleding erin te gooien. Jurkjes gingen slordig door elkaar, slippers er bovenop. Weg weg weg, dat was het enige dat maar bleef hameren in haar hoofd.

'Ik begrijp het gewoon niet...' In plaats van zijn spullen te pakken was Niek was op de rand van het bed gaan zitten met zijn hoofd in zijn handen. 'Toine en Pauline... Ze zijn hartstikke aardig. Ik kan me niet voorstellen dat ze hier iets mee te maken hebben.'

'Misschien weten ze inderdaad van niets', zei Saar, terwijl haar handen geen moment stil waren. 'Als ze het lichaam hier zelf hebben begraven, zouden ze ons vast ook niet hebben uitgenodigd.'

'Nee.' Niek dacht even na en knikte toen een paar keer. 'Er komen hier meer mensen, Toine en Pauline hebben veel contacten. Gisteravond heb ik hier nog meer auto's gezien. In het donker valt het vast niet op als je in de tuin gaat graven.' Het leek alsof hij voor zichzelf een verklaring probeerde te vinden waarbij hun pas verworven kennissen buiten schot zouden blijven. Alsof de gedachte dat zij misschien iets vreselijks hadden gedaan voor hem te erg was om te dragen.

Saar was intussen naar de badkamer gelopen en veegde in één beweging al haar spullen in haar toilettas. 'Die mensen die hier gisteren waren...' zei ze toen. 'Weet jij wie dat zijn? De politie wil dat waarschijnlijk weten.'

Niek schudde zijn hoofd. 'Ik heb alleen hun voornamen onthouden. Maar Toine kan het vast vertellen.' Hij kwam overeind en haalde ook zijn koffer tevoorschijn. Saar had haar eigen spullen ingepakt en schoof nu een hele stapel van Nieks kleren in zijn Samsonite.

'Heb je Toines nummer aan de politie gegeven?' vroeg ze.

Niek knikte. 'Ze zeiden dat ze hem zouden bellen om hem in te lichten.'

'Het lijkt me logisch dat ze hem en Pauline ook nog wel wat vragen willen stellen.' Saar keek om zich heen en viste een paar slippers onder een stoel vandaan, die ze bovenop Nieks kleren legde. Hij klikte zijn koffer dicht en keek om zich heen. Saar volgde zijn voorbeeld en haar blik eindigde bij de spiegel, waarin ze zichzelf zag. Haar hoofd was nog steeds rood van het hardlopen, haar paardenstaart zat piekerig en haar handen en knieën waren vies van de aarde, net als haar hardloopschoenen. Ze wendde haar blik af. Hoe ze eruitzag, was het laatste waar ze zich druk om maakte.

'Kom mee', zei ze tegen Niek, terwijl ze het handvat van haar koffer greep. 'Tijd om te gaan.'

Het gebrom van de motor van de auto klonk harder dan anders, zoals elk geluid ongefilterd leek binnen te komen. Al Saars zintuigen stonden op scherp, wijd open voor alles wat om haar heen gebeurde. Elke beweging deed haar hart overslaan, elk geluid sneed zo hard door haar trommelvliezen dat het fysiek pijn deed. In haar aderen kolkte de adrenaline. Ze dacht niet dat ze die ooit nog zou kwijtraken.

Dat gold ook voor het beeld op haar netvlies. Nu ze even niets anders te doen had dan op een autostoel zitten en wachten, lieten de beelden zich niet terugdringen. Bij elke meter die ze aflegden, groeide de misselijkheid. De blauwgrijze huid, de gekromde vingers, de dood die uit elke vezel ervan sprak.

Was het een man of een vrouw? Gek genoeg had ze zich dat niet afgevraagd toen ze ernaast stond. Het horloge oogde mannelijk, de pols was aan de brede kant geweest. Automatisch was ze ervan uitgegaan dat het een man was.

'Denk je echt dat het die Patrick zou kunnen zijn?' vroeg ze aan Niek, hoewel zij degene was die dat had geopperd.

Even leek het alsof hij haar niet had gehoord, maar uiteindelijk keek hij vluchtig opzij. 'Ik weet het niet.' Hij blies lucht uit en klemde zijn handen nog wat harder om het stuur.

Saar keek opzij. 'Ik wou dat ik nooit was gaan graven.'

Niek knipperde een paar keer en leek blij met de zijstap van het onderwerp. Alsof ze daarmee heel even de aandacht van het gevonden lichaam zelf konden halen. 'Waarom deed je dat nou eigenlijk?'

Saar ging terug in haar gedachten en begon langzaam te praten, nadenkend. 'Ik liep een extra rondje door de tuin als coolingdown en toen kwam ik op dat stukje terecht. Er leek een pad te zijn, maar op een gegeven moment hield dat op. Ik wilde eigenlijk teruggaan, maar toen zag ik dat je ook door kon lopen en dan weer op het grote pad uit zou komen. Dus dat deed ik.' Ze stopte even en haalde diep adem voor ze verder vertelde. 'Het viel me op dat de aarde overal keihard was, behalve op een stuk grond in de vorm van een rechthoek. Daar stonden ook bijna geen planten, terwijl het verder best dicht begroeid is.' Ze schudde haar hoofd en vervloekte het moment dat haar nieuwsgierigheid het had gewonnen. 'Eerlijk gezegd: ik vond het zo vreemd dat Toine en Pauline lijken te zwemmen in het geld, terwijl je van het organiseren van strandfeesten volgens mij niet meteen echt rijk wordt.'

'Maar wat dacht je te vinden dan?'

'Ik weet het niet. Geld, drugs misschien. Net als bij Narcos.' Saar beet op haar onderlip. 'Eigenlijk was ik gewoon nieuwsgierig, ik wilde het niet eens meenemen. Als ik geld had gevonden, had ik het gewoon laten liggen.'

Niek gaf geen antwoord. In plaats daarvan staarde hij ingespannen naar de weg, hoewel die verlaten was. Zijn gezicht was hard, zijn kaaklijn gespannen. 'Als we er maar geen problemen door krijgen', zei hij, met zijn kiezen nauwelijks van elkaar.

Saar knikte en slikte moeizaam. Ze kende Niek, ze wist hoe hij was als hij stress had. Dan werd hij zakelijk, soms zelfs star. Door zijn emoties uit te schakelen hield hij overzicht, het was zijn houvast. Ze had er moeite mee dat hij zo deed, maar tegelijkertijd wist ze dat hij dit nodig had omdat hij anders zijn hoofd verloor. Ze ging maar niet in op zijn opmerking. Alsof zij hiervoor had gekozen. Alsof zij er iets aan kon doen dat er überhaupt een lichaam lag. Hij bedoelde het vast niet zo, maar in zijn gedrag leek het erop alsof hij het vooral vervelend vond voor hemzelf, omdat dit alles zijn vakantie doorkruiste.

'We zijn er', zei Niek na een tijdje. Hij draaide een parkeervak in en zette de auto stil voor een laag gebouw. Het zag er donker en verlaten uit, maar toen Saar uitstapte viel het haar op dat bij de ingang licht brandde. Achter Niek aan liep ze naar de automatische schuifdeur. Die bleef gesloten, maar toen de vrouwelijke agent achter de balie hen opmerkte, ging de deur alsnog open.

Ze werden meegenomen naar een schaars verlichte gang. De vrouw opende een van de laatste deuren en wees naar twee stoeltjes voor een bureau waar alleen een beeldscherm en een toetsenbord op stonden. 'Neem plaats, mijn collega komt eraan.'

Saar ging zitten. De plastic stoel kraakte. Het was warm in de kamer en het rook bedompt, alsof er al een tijd geen raam meer had opengestaan. Ze keek naar de twee kleine raampjes hoog in de muur en vroeg zich af of die überhaupt open konden. De enige verkoeling kwam van een fan die aan het plafond traag rondjes draaide. Het geelwit van de muren leek viezig in het tl-licht, op de vloer lag kale vloerbedekking. Ze richtte haar blik op een poster waarvan de randjes waren omgekruld. Aan de lezer werd verzocht verdachte situaties bij de politie te melden, al werd de term 'verdacht' niet verder gespecificeerd. Saar dacht niet dat de oproep op de poster veel navolging zou krijgen.

Het duurde lang voor er iemand kwam. Niek had zijn telefoon gepakt en leek verdiept in iets op zijn scherm. Saar had de hare op het bureau gelegd en staarde naar haar vieze hardloopschoenen. De aanblik van de aarde bracht alles weer terug in haar hoofd wat ze nou juist even probeerde te verdringen. Ze deed haar best om vat te krijgen op haar gedachten, maar die schoten alle kanten op. Het liefst wilde ze haar moeder bellen, maar in Nederland was het nu midden in de nacht en ze wilde haar niet wakker maken. Dan zou haar moeder geen oog meer dicht doen.

Saar vouwde haar benen over elkaar, maar zette haar voeten toen toch weer naast elkaar op de grond. Ze voelde zich rusteloos. Dat ze straks zouden terugkeren naar het appartement was een fijn idee, in het gastenverblijf van Toine en Pauline zou ze geen oog meer dichtdoen. Ze keek naar Niek en deed haar mond open om iets te zeggen, maar sloot hem toen weer.

Uiteindelijk ging de deur open. Een jonge agent in uniform met een rode archiefmap onder zijn arm kwam de kamer binnen. 'Sorry voor het wachten', zei hij. Hij had een diepe, kalme stem die Saar meteen wat rustiger maakte. Zijn handdruk was stevig, zijn blik meelevend. 'Edison Kroon', zei hij. Toen hij achter het bureau ging zitten, kraakte de stoel. Hij opende de map, maar daar zat slechts één velletje papier in.

'Eerst even wat administratie', zei de man. Hij keek zoekend om zich heen, trok toen aan een kabeltje en haalde een muis tevoorschijn die kennelijk van het bureau was gegleden. Hij schoof hem heen en weer en knikte goedkeurend toen het scherm tot leven kwam. 'Heeft u misschien een legitimatiebewijs voor me?'

Saar knikte en haalde hun paspoorten uit haar tas. De man keek ernaar, typte wat dingen over en schoof de boekjes daarna terug naar Saar. 'Oké', zei hij toen en keek hen beurtelings aan. 'U bent hier omdat we graag een verklaring van u willen omtrent het lichaam dat is gevonden op de plek waar u verbleef. Ik wil benadrukken dat u hier vrijwillig bent en op vrijwillige basis medewerking verleent aan het onderzoek. Ik ga zo meteen een aantal vragen stellen en verzoek u naar het best van uw kunnen en herinnering te antwoorden.'

Saar knikte en zag dat Niek hetzelfde deed. Ze schraapte haar keel. 'Dat zal ik doen', zei ze schor, de eerste keer sinds ze zich had voorgesteld dat ze haar stem gebruikte. Hij klonk vreemd piepend en hard in de kale ruimte.

'Ik begreep dat u degene bent die het lichaam heeft ontdekt', zei de agent en hij keek Saar aan. Die knikte. Pas toen hij haar bleef aankijken, besefte ze dat hij meer dan een bevestiging verwachtte.

'Ik kwam terug van het hardlopen', zei ze. 'En toen viel het me op dat de aarde er vreemd uitzag.'

Terwijl de vingers van de agent op het toetsenbord ratelden, vertelde Saar precies hoe de vondst van het lichaam was verlopen. Een paar keer keek ze naar Niek, maar die leek zich aan het gesprek te hebben onttrokken. Zijn telefoon had hij weggestopt, maar hij staarde voornamelijk naar zijn schoenen of het bureau.

Toen Saar was uitverteld, knikte de agent haar bemoedigend toe. Automatisch was hij van u op je overgeschakeld. 'Je zult wel erg geschrokken zijn.'

'Enorm', knikte Saar en opnieuw gleed er een huivering over haar rug.

De agent bleek een hele rij vragen voor haar te hebben. Ze deed haar best ze zo goed mogelijk te beantwoorden. Nee, ze had geen idee wie het was. En nee, ze had ook niets vreemds gemerkt tijdens hun verblijf. Ja, ze konden het goed vinden met Toine en Pauline en waren op hun feest geweest. Nee, Saar dacht niet dat ze iets met het lichaam te maken hadden, maar nee, ze wist het natuurlijk niet zeker. Want ja, inderdaad, ze kende hen nog maar kort. Of het misschien de vermiste Nederlandse toerist was, vroeg ze aan de agent, maar die kon daar geen antwoord op geven. 'Dat zal onderzoek moeten uitwijzen', zei hij en glimlachte professioneel.

Saar keek naar Niek, die nog altijd niet deelnam aan het gesprek. Dat was de agent kennelijk ook opgevallen, want hij richtte zich nu specifiek tot hem. 'Is u iets opgevallen?' vroeg hij en deed zijn best oogcontact te maken.

Niek leek op te schrikken uit zijn gedachten. Vrijwel meteen schudde hij zijn hoofd. 'Nee, ik, eh...' Hij wreef zijn lippen tegen elkaar en glimlachte verontschuldigend. 'Sorry, ik ben nogal geschrokken. Dit verwacht je echt niet tijdens je vakantie.'

'Dat is een ding dat zeker is', zei de agent.

'Ik probeer de hele tijd te bedenken of ik misschien met de kennis van nu iets vreemds heb gezien', zei Niek nadenkend. 'Maar uiteindelijk waren we hier pas kort en kennen we Toine en Pauline ook nog niet zo lang.'

'Dat begrijp ik.' De agent knikte een paar keer. Hij sloeg de map dicht, tikte nog wat dingen in en keek Saar en Niek daarna aan. 'Voor nu kunnen we het hierbij laten. Ik wil jullie vragen om mij te bellen of om langs te komen als jullie nog iets te binnen schiet.' Hij haalde een visitekaartje tevoorschijn en schoof het over het bureau naar Saar toe. Ze pakte het aan en bleef ermee in haar hand zitten.

'Dat zullen we zeker doen', zei Niek.

'En ik zou graag jullie telefoonnummers willen noteren, zodat we contact kunnen opnemen als we nog vragen hebben.'

Saar knikte en schreef haar nummer en dat van Niek op een stuk papier dat de agent haar toestak. Daarna bleef ze even besluiteloos zitten. 'Goed dan', zei ze, en de agent knikte een paar keer. Ze stond op en schudde hem de hand. Niek volgde haar voorbeeld. De agent liep voor hen uit de gang op. Toen ze de balie opnieuw passeerden, was die verlaten.

'Nogmaals bedankt', zei de politieman en opnieuw schudde hij hen de hand, alsof hij was vergeten dat hij dat al had gedaan. Daarna drukte hij op een schakelaar om de schuifdeur te openen. Saar stapte naar buiten, gevolgd door Niek. De avondlucht voelde warm en droog en rook zoetig.

Ze bleef even staan en inhaleerde de lucht diep in haar longen. Net toen ze haar mond open wilde doen om iets tegen Niek te zeggen, klonken er stemmen om de hoek. Saar verstrakte. Het volgende moment verschenen Toine en Pauline voor de deur die net open was gegleden.

'Jongens.' Toine kwam op hen af, zijn armen gespreid alsof hij hen wilde omhelzen. Zijn gezicht stond zorgelijk. 'Wat zullen jullie geschrokken zijn', zei hij. Hij hield voor hen stil, zijn armen nog steeds open. Onbewust week Saar een stukje achteruit. Toines weidse gebaar eindigde nu met het samenkomen van zijn handen voor zijn borst. 'Ik vind het zo erg voor jullie. Vooral voor jou, Saar. De politie vertelde dat jij degene bent die het lichaam heeft gevonden.'

Saar knikte. Haar hart bonsde zo hard dat ze vermoedde dat het van een afstandje te horen was. 'Geschrokken is wel het juiste woord, ja', zei ze en ze probeerde een glimlachje dat jammerlijk mislukte.

'Wat verschrikkelijk voor je, meid', zei Pauline. Ze stapte achter Toine vandaan en legde haar arm wel rond Saars schouder. 'Ik wou echt dat dit je bespaard was gebleven.'

Saar knikte maar wat, omdat ze eigenlijk niet wist wat ze moest zeggen. Ze hoopte dat Toine en Pauline niet zouden vragen waarom ze in hun tuin was gaan graven, want een goed antwoord kon ze nu niet verzinnen.

'Voor jullie is het ook erg', zei ze. 'Dat zoiets in je tuin wordt gevonden, dat wil je natuurlijk niet.'

'Nee, zeg.' Pauline haalde diep adem. 'Ik vind het zo'n verschrikkelijk idee dat wij op nog geen vijftig meter van dat lichaam gewoon hebben geslapen, en gegeten, en geleefd.' Omdat haar arm nog steeds om Saars schouder lag, kon die voelen dat ze rilde. 'En voor jullie vind ik het eigenlijk nog erger. Denk je een lekker ontspannen vakantie te hebben, krijg je dit.'

Saar knikte en merkte dat haar hartslag afnam. Ze had hier tegen opgezien: Toine en Pauline tegenkomen, zich een houding geven. Maar eigenlijk wist ze niet meer zo goed waarom. Nu ze hen zag, kreeg ze meer en meer het gevoel dat die twee net zo geschrokken waren als zijzelf. Ze zaten in hetzelfde schuitje en die gedachte deed Saar goed.

'Hebben jullie enig idee...' vroeg ze, maar Pauline begon meteen met haar hoofd te schudden.

'Ik wilde dat ik iets wist', zei ze. Ze haalde haar arm weg rond Saars schouders en gebruikte haar hand om haar haar naar achter te strijken. 'We piekeren ons suf, maar het is echt te bizar voor woorden.' Ze zweeg even en haalde diep adem. 'Aan de andere kant: we wonen afgelegen en in iemands tuin gaat de politie niet zomaar zoeken. In die zin is het een goede verstopplek.'

'Maar jullie tuin is helemaal omheind', zei Saar. 'Je komt er niet zomaar binnen, en al helemaal niet als je ook nog een lichaam moet meeslepen.'

'Het slot van het loophek is al een tijdje kapot', zei Pauline met een spijtig gezicht. 'We moesten het nog steeds laten maken. En we zijn best vaak niet thuis.' Ze dacht even na, deed toen haar mond open, maar sloot hem weer. In plaats van iets te zeggen schudde ze haar hoofd.

'Laten we maar hopen dat de zaak snel wordt opgelost', zei Toine. 'Gelukkig hebben we camerabeveiliging bij het hek. De beelden blijven vier weken bewaard.' Nu pas viel het Saar op dat hij een envelop in zijn hand had. 'Ik heb alle tapes meegenomen.'

'Het is natuurlijk nog maar de vraag of iemand via het hek binnen is gekomen', zei Pauline. Ze haalde diep adem. 'Mijn hemel, ik hoop echt dat het snel wordt opgelost.'

Toine knikte en keek toen langs hen heen naar de gesloten deur van het politiebureau. 'We moesten maar naar binnen gaan', zei hij. Zijn toon verraadde dat hij ertegen opzag. Pauline knikte.

'Succes', zei Saar en ze keek toe hoe Toine en Pauline verder liepen naar de deur. Daarna liep ze snel richting hun eigen auto. Niek was al ingestapt.

HOOFDSTUK 9

'WAAR DENK JE AAN?'

Saar zat op de bank waarvan de scheuren haar een paar dagen geleden nog grote verontwaardiging hadden bezorgd. Nu viel de gehavende bekleding haar amper op. Hoe had ze zich er in vredesnaam druk om kunnen maken? Het leek een andere wereld.

Ze keek naar Niek. Hij stond met zijn rug naar haar toe voor het raam en staarde naar buiten. Sinds ze in het appartement waren aangekomen had hij zich amper bewogen. Een blik op de klok leerde Saar dat het inmiddels tegen middernacht liep. Vijf uur 's ochtends in Nederland. Over een uur zou ze haar moeder kunnen bellen. Het zou fijn zijn om haar hart te luchten.

Ze stond op en liep naar haar vriend. Toen ze zijn rug aanraakte, voelde ze dat hij schrok. 'Hé', zei ze zacht. 'Ik ben het maar.'

Hij keek opzij, er lag een bezorgde trek op zijn gezicht. Het was alsof hij haar nu pas opmerkte, ook al had ze tegen hem gepraat. Hij keek weer even naar buiten, waar niets te zien was. Daarna legde hij zijn arm om Saar heen. Met haar hoofd tegen zijn schouder wachtte ze tot hij iets zou zeggen, maar zijn mond die hij met dat doel geopend leek te hebben, was alweer gesloten.

'Wat een bizarre dag', zei Saar. 'Ik kan bijna niet geloven wat er allemaal is gebeurd.'

Doordat Niek zijn wang tegen haar haar had gelegd, voelde ze dat hij zijn hoofd schudde. 'Dat geldt ook voor mij.'

Saar wilde van alles zeggen, maar uiteindelijk kon ze niet op de woorden komen. Ze voelde zich moe, maar wist zeker dat ze niet kon slapen. Uiteindelijk maakte ze zich los uit Nieks omhelzing en pakte haar telefoon, zonder te weten waarom.

Net toen ze weer op de bank ging zitten, begon haar telefoon te rinkelen. Ze schrok en keek naar het scherm. Een afgeschermd nummer. Met trillende stem nam ze op zonder haar naam te noemen. 'Hallo?'

'Mevrouw Rietberg?'

'Ja.'

'U spreekt met Edison Kroon, politie Bonaire. Wij hebben elkaar vanavond gesproken op het bureau.'

'O ja, ja.' Saar slikte. 'Hallo', zei ze, omdat ze niet goed wist wat ze anders moest doen.

'Ik wilde u graag vertellen dat we het lichaam dat u heeft gevonden inmiddels hebben geïdentificeerd. Er zal spoedig een bericht naar de media worden gestuurd en dan zult u het overal lezen, maar ik wilde het u vooraf vertellen zodat u er niet door wordt overvallen.'

'O...' Saar knikte een paar keer. 'Dat is erg... vriendelijk.'

'Na identificatie door een familielid is vast komen te staan dat het gaat om Patrick Koelstra, de Nederlandse man die werd vermist.'

Saar wist eigenlijk niet goed wat ze moest zeggen. Haar hart miste een slag. Niek had zich omgedraaid en keek haar aan. Uiteindelijk schraapte Saar haar keel. 'Bedankt voor het doorgeven', zei ze moeizaam. Daarna hing ze op.

'Wie was dat?' vroeg Niek gespannen.

'De, eh... De politie.' Saar haalde haar hand door haar haar. 'Ze weten wie het is. Het lichaam is van die vermiste Nederlander. Patrick Koelstra.'

Niek liet zijn lippen een paar millimeter van elkaar wijken en blies lucht uit. *'Holy shit'*, fluisterde hij zacht voor zich uit.

Saar keek hem aan en had moeite haar gedachten te ordenen. 'Ik kan het bijna niet geloven.'

'Bizar', knikte Niek ook.

Saar schudde haar hoofd een paar keer achter elkaar. Ze ging op de bank zitten, maar stond meteen weer op. Daarna liep ze een paar keer heen en weer door het appartement, maar de repeterende beweging hielp haar niet haar gedachten te ordenen.

Uiteindelijk liet ze zich toch maar weer op de bank zakken, haar handen als een driehoekje voor haar mond gevouwen. 'Ongelooflijk.'

Niek was blijkbaar door zijn verbijsterde uitdrukkingen heen, want hij knikte alleen nog maar. 'Zullen we gaan slapen?' vroeg hij toen. 'Ik ben echt ontzettend moe.'

Saar knikte, hoewel ze betwijfelde of dat zou lukken. Ze voelde zich uitgeput, dat wel. Haar spieren deden pijn van alle spanning, haar hoofd was zwaar. Ze keek op het scherm van haar telefoon en zag dat het al bijna één uur 's nachts was. Zes uur in Nederland.

'Ik wil graag even mijn moeder bellen', zei ze. Niek

reageerde niet, hij had het antwoord op haar vraag niet afgewacht, maar was naar de badkamer verdwenen om zijn tanden te poetsen.

'Hé lieverd.' Haar moeders stem klonk helder, alsof ze al een tijdje wakker was. Er was verwondering in te horen. 'Het is nu toch heel laat bij jou?'

'Ja.' Nu ze het vertrouwde stemgeluid van haar moeder hoorde, had Saar moeite om zich groot te houden. Vrijwel meteen zat haar keel dicht en gleed er een traan over haar wang naar beneden. Het was alsof alle spanning van vandaag zich plotseling oppropte tot één grote bal, die een uitweg zocht. 'Ik...'

Meteen klonk haar moeder bezorgd. 'Liefje, wat is er? Ben je aan het huilen?'

'Mam, het is echt zo verschrikkelijk', bracht Saar uit met tranen in haar stem. 'Ik heb een... Ik ging... Ik heb een lijk gevonden.'

'Wat?' Haar moeder ademde scherp en geschrokken in. 'O nee, wat...' Zelfs door de telefoon heen was haar walging te horen. 'Wat vreselijk voor je, lieverd.'

'En het is die man, die vermist wordt. Patrick Koelstra.'

Aan de andere kant van de lijn was het even stil, alsof haar moeder een paar seconden nodig had om woorden te bedenken. 'Maar hoe...'

'Ik liep door de tuin bij ons verblijf en toen zag ik dat de aarde was omgewoeld en ging ik kijken.'

'Bij dat nieuwe verblijf?' vroeg haar moeder.

Saar knikte. Ze had haar moeder al verteld dat het appartement was tegengevallen en dat ze de uitnodiging van Toine en Pauline hadden gekregen. 'Ja. Die mensen zelf zijn ook erg geschrokken.'

'Maar jij... Jeetje, meisje.' Aan haar moeders stem meende

Saar te horen dat ze zelf ook moeite had haar tranen te bedwingen. 'Ik vind het zo naar voor je.'

'Ik heb gelukkig niet zo veel gezien. Alleen een hand.' Saar rilde. 'Ik hoopte dat ik het niet goed zag.'

'Dat kan ik me voorstellen. Was de politie er snel?'

'Ja, ze kwamen meteen.' Saar opende de koelkast en dronk een paar slokken water rechtstreeks uit de plastic fles. 'We zijn ook nog naar het bureau geweest om een verklaring af te leggen. En toen belde die agent net dat ze wisten wie het was. Het zal straks wel op het nieuws zijn.'

'Jeetje...' Haar moeder zweeg even. 'Verschrikkelijk voor de familie van die jongen.'

'Ja.' Daar had Saar ook al aan gedacht. 'Maar zekerheid is misschien wel beter dan er nooit achter komen waar iemand is gebleven.'

'Daar heb je ook wel gelijk in. Je moet er niet aan denken dat dit zo'n zelfde verhaal zou worden als met Natalee Holloway.'

Saar knikte. Die vergelijking was in de media al veelvuldig gemaakt, al ging hij op veel punten mank. 'Laten we maar hopen dat ze de dader snel vinden', zei ze. 'Dat zou echt een geruststelling zijn.'

'De politie doet er vast alles aan. En probeer toch nog wat te genieten van jullie vakantie, lieverd. Misschien is dat moeilijk, maar niemand heeft er iets aan als je hierdoor alles laat bederven.'

'Ja', zei Saar, maar ze betwijfelde of het zou lukken. Misschien als ze erin slaagde zich af te zonderen voor het nieuws, maar eigenlijk wist ze niet of ze dat wel kon. Of wilde. Ze hoopte maar dat het snel zou worden opgelost, en ze hoopte nog meer dat zou blijken dat Toine en Pauline er inderdaad niets mee te maken hadden.

'Klaar?' vroeg Niek, die gekleed in alleen zijn boxershort uit de badkamer was gekomen.

Saar draaide zich om en knikte. Ze verdween zelf in de badkamer en poetste haar tanden. In de spiegel ving ze een blik op van haar eigen, grauwe gezicht. Ze realiseerde zich dat ze nog helemaal niet had gedoucht, ze had alleen tig keer haar handen gewassen. Ineens voelde ze zich vies. Ze trok haar kleren uit en zette de douche aan. De straal was miezerig, maar toen ze de temperatuur zo hoog mogelijk draaide, bracht het water toch iets van een schoon gevoel. Ze waste haar haar en zeepte zich twee keer van top tot teen in. Met de douche in haar hand spoelde ze het sop stukje voor stukje van haar lijf. Daarna voelde ze zich beter. Schoon. Alsof ze met het wegspoelen van het vuil van haar huid ook de herinnering wat verder van zich af had geplaatst.

Toen ze in de slaapkamer kwam, had Niek zijn ogen al gesloten. Hij lag op zijn helft van het bed, zijn gezicht naar de rand gedraaid. Terwijl ze naast hem ging liggen en haar blik op zijn rug richtte, vroeg Saar zich af of hij dat bewust had gedaan. Even raakte ze hem aan met haar vingers, maar meer reactie dan een slaperig gebrom kwam er niet. Ze opende haar mond om te vragen of hij zich wilde omdraaien, maar uiteindelijk deed ze het niet. Het was een vermoeiende dag geweest voor hen allebei. Ze verwerkten dat allebei anders. Als ze iets had geleerd, was dat het. 'Welterusten', fluisterde ze uiteindelijk en draaide zich ook om, zodat ze rug aan rug kwamen te liggen. Ze sloot haar ogen en sneller dan ze had verwacht, gleed ze weg in de diepte van de slaap.

Van ver weg drong een geluid door. Het was moeilijk te zeggen wat het was. Een woord, een schreeuw, de roep van een dier? Saar wist niet eens of ze wilde weten waar het geluid vandaan kwam. Liever liet ze zich meetrekken, terug naar de diepte waar ze vandaan kwam. Daar was alles grijs. Grijs was goed.

Opnieuw het geluid. De diepte verdween weer wat meer. Drie keer, toen was het stil. Even niets, en toen weer drie keer. Stemmen, alarm in de toon. Boosheid, ook. Er klonk een krakend geluid. Nu schoten Saars ogen open, op hetzelfde moment vloog Niek overeind.

'*What the...*' begon hij, maar zijn stemgeluid werd overstemd door dat van mannen die dichterbij kwamen. Saar gilde en bedekte zichzelf met haar laken. Toen werd het gordijntje opzij gerukt.

'Politie', klonk het blaffend. De hele opening van de deur werd gevuld door één man. Saar staarde ademloos naar het glimmende wapen in zijn hand. Achter hem verschenen meer gestalten. Saar voelde een golf van misselijkheid, maar slikte die weg.

'Ho, ho.' Niek kwam overeind. Met zijn handen omhoog stond hij naast het bed. 'Wat is...'

'Niek van Rooij, u wordt gearresteerd op verdenking van betrokkenheid bij de dood van Patrick Koelstra. U heeft het recht om te zwijgen, alles wat u zegt...'

Saar staarde met grote ogen naar het tafereel dat zich pal voor haar neus ontvouwde. De woorden van de agent – eerder gespuugd dan gesproken – bereikten haar oren niet meer. Alles leek te verdwijnen in de waas van verbijstering die als een deken over haar heen viel. Ze wilde iets roepen, schreeuwen zelfs. Dat ze het fout hadden, de verkeerde persoon, dat Niek er niets mee te maken kon hebben. Ze waren hier alleen maar op vakantie. Het was al erg genoeg dat ze het lichaam had moeten vinden, nu wilde ze alleen nog maar rust.

Maar in plaats van te schreeuwen staarde ze met wijd opengesperde ogen naar wat zich voor haar neus afspeelde. Niek, duidelijk net zo in shock als zij, zakte op zijn knieën en draaide zijn handen op zijn rug. Meteen klonk de dubbele klik van handboeien die werden vastgeketend. Kanonschoten in Saars oren. Ze ving de blik van haar vriend en zag haar eigen blinde paniek weerspiegeld.

Op dat moment vond ze haar stem terug. 'Nee!' gilde ze, terwijl ze als een roofdier op Niek af dook. 'Nee! Stop! Hij heeft niet... Hij is niet...'

Net voor haar handen de armen van haar vriend bereikten, werd ze van achteren ruw beetgepakt. Twee sterke handen, veel sterker dan zij, grepen haar armen en weerhielden haar ervan Niek aan te raken. Ze kon niet anders dan toekijken hoe hij door twee agenten overeind werd gehesen en gedwongen werd naar de deur te lopen. In het voorbijgaan legde een derde agent een vest om zijn schouders, dat hij kennelijk op een stoel had gevonden. Bij de deur mocht Niek nog net in zijn slippers schieten. Iemand gooide een doek half over zijn hoofd.

De handen lieten Saar los, maar ze bewoog toch niet meer. In plaats daarvan keek ze ademloos toe hoe de agenten Niek meenamen, de deur uit. Toen ze hem niet meer zag, griste ze een jurk uit haar koffer en rende naar buiten terwijl ze die over haar hoofd trok. De knipperende zwaailichten van de drie politieauto's voor de deur verlichtten de nacht onnatuurlijk rood. Uit twee andere voordeuren staken hoofden, die snel werden teruggetrokken toen de agenten voorbij stampten. Het groepje liep de trap af en verdween even uit het zicht, om beneden weer te verschijnen.

'Ik bel een advocaat!' riep Saar naar Niek, hopend dat hij

haar zou horen. Iets beters kon ze nu niet verzinnen. 'Dit is een fout! Dat moet de politie ook zien. Ik zorg dat er zo snel mogelijk iemand komt!'

Ze wist niet of Niek haar had gehoord. Hij leek apathisch, in shock. Als een willoos dier liet hij zich meevoeren met de agenten. Ze hoopte een blik van zijn gelaat op te vangen toen hij naast een van de politieauto's stilstond en wachtte tot de deur voor hem werd geopend. De doek werd even weggetrokken, maar het was donker en ze kon hem niet goed zien. 'Wacht tot de advocaat er is!' riep ze nog maar eens, met overslaande stem. 'Ik regel het zo snel mogelijk!'

Het volgende moment viel het portier met een droge klap in het slot. De agenten stapten in, de zwaailichten werden gedoofd nu de urgentie was verdwenen. Het volgende moment reden de auto's in rustig tempo weg. Grind kraakte onder de banden.

Saar had het gevoel dat ze in een vacuüm was beland. Ze keek om zich heen, maar niets kwam door. Ze registreerde de nieuwsgierige blikken van de andere gasten, de sensatie die van hun gezichten droop. Telefoons in hun hand, foto's die waarschijnlijk binnen no time het internet op geslingerd werden. Mensen riepen dingen naar elkaar, of naar haar, maar meer dan klanken waren het niet. Haar oren waren afgesloten, haar hersenen hadden zichzelf uitgeschakeld om maar niets te laten doorkomen. Ze staarde naar de plek waar net de politieauto's hadden gestaan. Niets herinnerde nog aan wat zich daar net had afgespeeld. Niets, behalve een donkere leegte die zich uitstrekte tot iedere vezel van haar lichaam.

Ze keek om zich heen, open mond, ademloos. Pas toen ze zich realiseerde dat de camera's van de telefoons nu op haar werden gericht, kwam ze enigszins bij zinnen en verdween snel naar binnen. Met het dichtvallen van de deur benam de oorverdovende stilte haar de adem.

Met trillende handen pakte ze haar telefoon. Ze moest iemand bellen. Haar moeder, die zou weten wat ze nu moest doen. Maar met haar duim zwevend boven het scherm aarzelde ze. Ze kon beter de politie bellen, die ene agent van vanavond. Edison Kroon. Die was aardig, die kon haar vast vertellen wat er aan de hand was. Misschien zou ze het misverstand wel meteen kunnen oplossen.

Op tafel lag nog het kaartje dat hij haar had gegeven. Het kostte haar moeite om te focussen op de cijfers van het nummer en nog meer moeite om het met bevende vingers in te toetsen. Het duurde lang voor er werd opgenomen. In gedachten probeerde ze te oefenen wat ze zou zeggen, maar er kwam niets.

Een vrouwenstem nam op. Saar vroeg naar Edison Kroon en werd met een kort klikje doorverbonden.

'Mevrouw Rietberg', zei hij toen ze haar naam had genoemd. Ze wist niet of het verbeelding was, of dat zijn stem iets hards had dat er eerder niet was geweest.

'Ik... Mijn vriend...' Saar haalde diep adem. Niet hakkelen, ze moest nu goed nadenken. 'Dit moet een misverstand zijn.'

'Wat is een misverstand?'

'Uw collega's hebben mijn vriend opgepakt wegens betrokkenheid bij de dood van Patrick Koelstra.' Saars mond voelde droog. Ze slikte, maar er was niets dan schuurpapier. 'Maar dat moet een misverstand zijn. Wij hebben zijn lichaam juist gevonden.'

De agent wachtte even voor hij antwoord gaf. 'U heeft zijn lichaam gevonden, heeft u mij verteld.'

Saar fronste. Wat deed het ertoe? 'Mijn vriend heeft niets met zijn dood te maken. Als er sporen van hem...' Ze haperde. Ze wist niet eens waarom ze Niek hadden opgepakt. 'Hij is bij het lichaam in de buurt geweest, net als ik. Ons vakantieverblijf was er praktisch naast. Ik begrijp niet...'

'Mevrouw Rietberg...' De agent klonk alsof hij een leraar was, die een niet bijster intelligente leerling iets moest uitleggen. 'We zijn ons ervan bewust dat de aanwezigheid van sporen van u en uw vriend op de vindplaats van het lichaam verklaarbaar is. Dat is dan ook niet de grond waarop wij uw vriend hebben gearresteerd.'

'Wat is die grond dan wel?'

'In het belang van het onderzoek kan ik daarover op dit moment geen mededelingen doen. Uw vriend zal door mijn collega's worden verhoord en dan zal hem ook worden meegedeeld op welke grond hij is gearresteerd.'

'Maar ik...' Saar schudde haar hoofd. 'U kunt mij toch wel vertellen waarvan hij wordt verdacht?'

'Betrokkenheid bij de dood van Patrick Koelstra.'

'Maar...' Saar schudde opnieuw haar hoofd, wilder deze keer. 'Maar het kan niet', zei ze toen, terwijl haar verbijstering al het andere overstemde. 'Niek kende hem niet eens. We zijn hier gewoon op vakantie. Hij was al die tijd bij mij.'

'Ons onderzoek zal verder duidelijkheid moeten bieden', zei de agent. 'Uw vriend heeft recht op een advocaat. Als hij er zelf niet een kan of wil regelen, zullen wij dat voor hem doen.'

'Nee', zei Saar, veel gedecideerder dan ze zich voelde. 'Ik regel een advocaat. Iemand die zal zorgen dat dit bizarre misverstand heel snel de wereld uit is.'

'Mevrouw Rietberg', zei de agent opnieuw, de kalmte zelve. 'Mag ik u vragen waar u en uw vriend waren in de nacht van zaterdag op zondag?'

'In ons appartement', zei Saar. 'We zijn vrijdag aangekomen.'

'En u was de hele avond en nacht met elkaar?'

Terwijl Saar haar mond al opendeed om antwoord te geven, was het alsof er plotseling ijsblokjes door haar aderen gingen. Haar stem stokte ergens in haar keel. Beelden flitsten voorbij in haar hoofd. De ruzie, de uren dat Niek was weggebleven. Ze had hem niet horen thuiskomen, ze had niet gevraagd hoe laat hij was teruggekeerd.

'Mevrouw Rietberg?'

Saar slikte. 'Ik moet erover nadenken.'

Ergens diep vanbinnen riep een stemmetje dat het kon. Dat het niet onmogelijk was. Van de zekerheid die ze net nog had gevoeld, was een heel klein stukje afgebrokkeld. Het was een bizarre gedachte, want natuurlijk had Niek er niets mee te maken, maar niet langer ondersteunde de werkelijkheid die waarheid.

De kalme stem van de agent onderbrak haar rondrazende gedachten. 'Ik wil u vragen om morgenochtend naar het bureau te komen. We willen graag uw verklaring opnemen.'

Saar kon niet anders dan een instemming mompelen en daarna verbrak ze de verbinding. Haar telefoon gleed uit haar hand en landde met een doffe klap op de vloer.

Voor haar gedachten op hol konden slaan, belde ze opnieuw haar moeder. Die kon niet anders dan haar verbijstering delen. 'Wim', was haar antwoord toen Saar zei dat ze een advocaat moest regelen. 'Wim weet wat je moet doen.'

Saar knikte en fronste. Natuurlijk, haar schoonvader had als eigenaar van een middelgroot logistiek bedrijf in de loop der jaren genoeg advocaten gesproken. Het zou Saar niet verbazen als het bedrijf zelfs iemand in dienst had.

'Ha Saartje', zei haar schoonvader amicaal, zoals altijd wanneer hij de telefoon opnam. De verkleinversie van haar naam was een vreemde discrepantie met zijn altijd wat formele – stugge, vond Saar – voorkomen.

'Wim.' Saar schraapte haar keel en haalde een paar keer diep adem voor ze erin slaagde verder te praten. In de stilte die viel was de bezorgdheid van haar schoonvader al gewekt, waarschijnlijk door haar vreemde groet.

'Wat is er?' vroeg hij, licht gealarmeerd. 'Is er iets gebeurd?'

In haar hoofd vlogen zinnen voorbij die ze kon zeggen, als inleiding, als zachte landing voor haar eigenlijke boodschap. Maar hoe ze er ook naar tastte, de zinnen lieten zich niet grijpen. De enige woorden die kon vinden, kwamen hard en bot haar mond uit. 'Niek is gearresteerd.'

Even was het stil aan de andere kant van de lijn. Toen haar schoonvader weer begon te praten, klonk er iets waakzaams in zijn stem door. Alsof iemand probeerde hem iets wijs te maken, of een vreemde grap met hem uithaalde. 'Hoe bedoel je?'

'De politie heeft hem opgepakt, omdat ze denken dat hij iets te maken heeft met de dood van die Nederlandse man die hier is vermoord.'

'Wat?' Waakzaamheid maakte plaats voor verbijstering. 'Saar, waar heb je het in vredesnaam over? Nederlandse man? Vermoord?'

'Er was een Nederlander vermist, Patrick Koelstra. Het was in de media.'

'Ik heb erover gelezen.'

'Vanavond heb ik zijn lichaam gevonden en nu heeft de politie Niek gearresteerd, omdat ze zeggen dat hij ermee te maken heeft. Maar dat kan helemaal niet, want...'

'Jij hebt zijn lichaam gevonden?' Haar schoonvader ging hoe langer hoe harder praten. 'Waar heb je het in vredesnaam over? Heb jij die man ergens gezien?'

'Ja, in de tuin van de plek waar wij verbleven.'

'Was hij dood?' De vraag klonk zo onbenullig dat Saar even niet wist wat te antwoorden.

'Ja', zei ze toen maar gewoon. 'Hij was dood. Hij lag begraven in de tuin. Ik liep erlangs en vond dat de aarde er vreemd uitzag en toen ik ging kijken, zag ik een hand.' Ze had het verhaal nu al zo vaak verteld, dat het haar niet eens meer vreemd voorkwam. 'We hebben natuurlijk meteen de politie gebeld en toen bleek dat het om die vermiste man ging. Niek en ik hebben uiteraard een verklaring afgelegd op het politiebureau. We dachten dat het daarmee was afgerond, maar nog geen twee uur later stonden hier agenten op de stoep om Niek mee te nemen.' Bij dit gedeelte van het verhaal begon de paniek in Saars stem weer toe te nemen. 'Ik heb de politie al gebeld en het enige dat ze willen zeggen is dat hij wordt verdacht van betrokkenheid bij de dood van die Patrick en dat hij nu wordt verhoord. Ik moet een advocaat voor hem regelen voor ze hem allerlei dingen ontfutselen die hem verder in de problemen brengen.'

'Hij moet niets zeggen', zei Wim dwingend. 'Dat is heel belangrijk.'

'Ik heb tegen hem gezegd dat ik een advocaat ga regelen en...' Saar struikelde over haar woorden en nam een paar seconden om diep adem te halen. 'Als ik dat niet doe, wijzen ze hem er eentje toe.'

'Nee! Nee, dat moet echt niet.' Wims stem klonk kalm en strak, op en top de manager die hij was. Net als Niek was hij er goed in om in stresssituaties het hoofd koel te houden. 'Ik stuur iemand naar Bonaire.'

Dat waren precies de woorden die Saar wilde horen. 'Doe het alsjeblieft snel', zei ze. 'Ik weet niet hoelang ik nog...' Ze schudde haar hoofd. 'Ze zijn volop bezig met het onderzoek. Er moet natuurlijk een dader worden gevonden, de media zitten erbovenop. Waarschijnlijk zullen ze nog voor de ochtend schrijven dat er een verdachte is opgepakt en als de politie...' Ze haalde diep adem. 'Als de politie hem weer moet laten gaan, staan ze er natuurlijk niet best op.'

'Ik stuur de beste advocaat die ik ken', zei Wim. 'Die heeft hem zo weer vrij. Als het lukt, gaat er vandaag nog iemand die kant op.'

Saar rekende snel uit dat de vlucht naar Bonaire over iets minder dan vier uur zou vertrekken. Het zou een wonder zijn als dat zou lukken, maar ze kende haar schoonvader langer dan vandaag. Als hij iets wilde, bewoog hij hemel en aarde om het voor elkaar te krijgen.

'Dank je wel', zei Saar.

'Hou me op de hoogte. En probeer Niek te spreken te krijgen, zodat je hem kan vertellen dat er een advocaat onderweg is.'

Saar beloofde het en verbrak de verbinding. Daarna stond ze op en begon door de kamer te ijsberen. Een ping van haar telefoon vertelde haar dat een van de nieuwsapps die ze volgde een alert had uitgestuurd, wat ze altijd deden bij groot nieuws. Ze hoefde niet op het scherm te kijken om te weten wat het was.

Lichaam Patrick Koelstra gevonden op Bonaire, las ze, toen ze toch keek. Ze opende het bericht. Over een arrestatie werd niet gesproken. Op een vreemde manier voelde dat voor even als een opluchting.

Ze legde haar telefoon aan de kant en ging met haar jurk aan op haar rug op het bed liggen. Haar hart hamerde onverminderd door, haar huid voelde koortsig klam. Ze dwong zichzelf te denken in stappen, om te voorkomen dat alles wat er was gebeurd haar als een tsunami overspoelde. Nu Wim een advocaat zou regelen, durfde ze een heel klein beetje te ontspannen. Het volgende op haar lijstje was het afleggen van een verklaring bij de politie. Ze pakte toch weer haar telefoon en opende een nieuwe notitie. Voor zichzelf zette ze op een rijtje hoe die avond precies was verlopen. Eten, ruzie, terug naar het appartement. Ze schreef er tijdstippen bij, hoewel ze niet precies wist of die klopten. Onderaan schreef ze *Niek terug* maar het tijdstip moest ze leeg laten. Ze was de ochtend daarop rond zeven uur wakker geworden, toen was hij gaan hardlopen. Had hij daarvoor een tijdje geslapen? Ze wilde nu dat ze het had gevraagd.

Toen ze haar tijdlijn zo compleet mogelijk had gemaakt, legde ze haar telefoon weer weg. Ze sloot haar ogen. Ze moest uitrusten, omdat ze morgen zo scherp mogelijk wilde zijn. Maar terwijl ze voelde hoe haar hersenen overuren bleven maken, wist ze al dat ze met geen mogelijkheid zou kunnen slapen.

Hoofdstuk 10

'Neemt u plaats.'

Saar keek naar de stoel waar ze nog geen twaalf uur daarvoor ook op had gezeten. Het enige verschil was dat de kamer nu werd verlicht door twee strepen zon die door de kleine ramen naar binnen vielen. Agent Kroon had een schoon uniform aangetrokken, maar zag er verder uit alsof hij die nacht weinig slaap had gepakt.

'Ik wil Niek graag zien', zei ze.

De agent knikte en glimlachte even. 'Uw vriend zit in beperkingen en mag op dit moment alleen contact hebben met zijn advocaat. Deze situatie duurt nog zeker vierentwintig uur.'

De agent was gestopt haar te tutoyeren, viel Saar op. 'Zijn advocaat is onderweg.' Net voor ze het bureau binnenging had Saar een berichtje van haar schoonvader gekregen dat de advocaat op het nippertje het vliegtuig had kunnen pakken. 'Ze heet Carla van Twicht en zit nu in het vliegtuig.'

'We hebben hem al een advocaat toegewezen.'

Saar schudde haar hoofd. 'Dat kan niet. Zijn advocaat komt eraan.'

'We moeten door met het onderzoek en daarvoor moeten we hem verhoren.'

'Maar hij...'

'Zijn advocaat kan het overnemen zodra ze hier is. Tot die tijd heeft hij een advocaat tot zijn beschikking die hem zal bijstaan.'

Saar wilde protesteren, maar aan de blik in de ogen van de agent las ze af dat dat niet veel zin zou hebben. 'Waar wordt hij van verdacht?' vroeg ze daarom maar. 'Waar is dit allemaal op gebaseerd?'

De agent blies zijn adem uit terwijl hij haar aankeek. Vaag rook ze de geur van koffie. 'We zijn op dit moment bezig met het onderzoek en daarom kan ik er niets over zeggen', zei hij. 'Maar in elk geval moet u denken aan sporen van uw vriend op een aan het slachtoffer gelieerde plaats. Sporen die niet verklaarbaar zijn, tenzij uw vriend daadwerkelijk met het slachtoffer in contact is geweest in de uren rondom diens overlijden.'

Saar staarde hem aan. Ze probeerde de woorden te vatten, maar het leek haar vooral loze praat. 'Wat betekent dat?' vroeg ze daarom, maar de agent schudde zijn hoofd.

'Ik kan er verder niets over zeggen.' Hij glimlachte kort. 'Het spijt me.'

Saar vroeg niet verder. Zijn spijt leek oprecht en dat deed haar op een vreemde manier goed. Alsof hij ook begreep dat deze hele situatie zo bizar was, dat er sprake moest zijn van een heel grote fout.

'Nieks advocaat zit op de vlucht die vanmiddag aankomt', zei ze. 'Ik zal haar vragen meteen naar het bureau te komen.'

De agent knikte, maakte een korte aantekening en keek

Saar daarna aan. 'We moeten het hebben over de gangen van uw vriend. Gisteravond aan de telefoon vertelde u dat u de hele tijd samen was, de nacht van de verdwijning uitgezonderd.'

Nu hij het zo zei, klonk het als een regelrechte beschuldiging. Saars eerste neiging was om haar hoofd te schudden en het allemaal te ontkennen, maar in plaats daarvan opende ze de notitie op haar telefoon. 'Enkele uren van die nacht uitgezonderd', verbeterde ze gedecideerd. 'We waren tot halfelf in het restaurant, toen ben ik in mijn eentje weggegaan.'

'Waarom?' vroeg de agent meteen.

'We kregen ruzie', zei Saar eerlijk. Ze had even overwogen om gewoon te zeggen dat zij moe was en Niek niet, maar wilde niet het risico lopen dat een verschil in haar verklaring en die van Niek juist tot argwaan zou leiden.

'Waarover?'

Saar keek hem aan. 'Is dat werkelijk relevant?'

'Is het relevant?'

Saar schudde haar hoofd en blies haar adem uit. 'Nee, het ging over een opmerking van Niek over de voordelen van het niet hebben van kinderen. Ik vond dat vervelend, omdat we pas net weten dat we nooit kinderen zullen krijgen, hoewel we dat heel graag willen.' Ze slikte even en merkte een heel vluchtig moment van ongemak bij de agent.

'Dat spijt me', zei hij, om meteen daarna zijn rol weer op te pakken.

'Ik liep weg en dacht dat Niek achter me aan zou komen, maar dat deed hij niet. Dat had ik kunnen weten, want hij is koppig genoeg. En ik ook', voegde ze er snel aan toe, om niet de suggestie te wekken dat de ruzie volledig aan Niek te wijten was. 'Ik ging terug naar het appartement en wachtte tot hij zou komen. Uiteindelijk kwam hij terug, na een uur.

Maar toen kregen we opnieuw ruzie en zei hij dat hij een rondje ging lopen.' Ze dacht even na. 'Ik heb nog even op hem gewacht, maar toen ben ik gaan slapen.'

Ze registreerde een korte frons bij de agent. Hij ging er verder niet op in. 'Dat gebeurt weleens vaker', zei Saar bij wijze van verklaring, maar toen ze het uitsprak vond ze dat weer vreemd klinken. 'Niek is niet zo'n prater.'

'Weet u hoe laat hij thuis is gekomen?'

Saar beet op haar lip. Even overwoog ze te zeggen dat Niek er na een halfuurtje gewoon weer was, misschien een uur. Maar de waarheid was dat ze geen idee had. 'Toen ik om zeven uur wakker werd, was hij gaan sporten', ontweek ze de vraag.

De agent kneep zijn ogen samen en knikte een paar keer kort. Hij tikte iets in. Saar deed haar mond open. Dit was het laatste moment waarop het kon, waarop ze zich plotseling zou kunnen herinneren dat ze hem toch had gehoord. Om één uur, halftwee, aan het begin van de nacht.

Maar het was niet waar en ze wilde niet liegen, zelfs niet op dit belangrijke moment.

'Heeft u gevraagd hoe laat hij thuis was gekomen?'

'Nee.'

'Heeft hij gezegd waar hij geweest was?'

'Nee.'

'Heeft u iets aan hem gemerkt?'

'Nee. Behalve dat ik niet vond dat hij moe overkwam. Ik ga ervan uit dat hij gewoon heeft geslapen.'

De agent ging verzitten. 'En uzelf was de hele nacht in het appartement?'

'Ja.'

'Is er iemand die dat kan bevestigen?'

Saar staarde hem aan, knipperde even en keek toen weer.

'Nee', zei ze, en ze drukte het gevoel weg dat ze zichzelf moest verdedigen. 'Misschien de andere gasten, zij waren de hele avond buiten.'

De agent knikte kort. 'We zijn bezig met getuigengesprekken', zei hij alleen maar. Weer tikte hij even op het toetsenbord. 'En de dag erna bent u naar het gastenverblijf van de heer en mevrouw Petters vertrokken.'

'Twee dagen daarna.' Uit zichzelf vertelde Saar hoe de ontmoeting met Toine en Pauline was verlopen en hoe ze in het gastenverblijf terecht waren gekomen. Een paar keer pauzeerde ze om zichzelf een slokje water te gunnen, maar meteen daarna praatte ze verder. De agent tikte mee, maar gaf geen zichtbare reactie op haar relaas. Aan het eind ervan voelde Saar zich op een vreemde manier voldaan, alsof ze door het allemaal op een rijtje te zetten zichzelf er verder van had overtuigd dat de bizarre beschuldiging aan het adres van Niek heel snel aan de kant geschoven zou moeten worden. Als Niek werkelijk die nacht op een of andere manier had bijgedragen aan de verdwijning van Patrick, dan had ze het daarna aan hem moeten merken, daarvan was ze overtuigd.

Ze keek op haar horloge en zag tot haar verbazing dat er meer dan een uur was verstreken. De agent tikte de laatste dingen in en keek haar aan. 'Oké', zei hij, afrondend. Saar vroeg hoe het nu verder zou gaan, maar kreeg geen duidelijk antwoord.

'Uw advocaat kan zich vanmiddag melden op het bureau', zei de man. 'Tot die tijd zetten we het verhoor voort met de huidige advocaat.'

Saar deed haar mond open om opnieuw te protesteren, maar sloot hem toen toch maar. Uiteindelijk knikte ze en stond op. De handdruk van de agent voelde net zo stevig als eerst. Ze vroeg zich af of het verbeelding was dat hij haar hand zelfs wat langer vasthield.

Zodra ze naar buiten liep, brandde de zon op haar huid. Ze ademde de lucht diep in en voelde zich sterk en verloren tegelijk.

Toen ze de deur van het appartement opende, viel de stilte als een deken over haar heen. Het was er warm en muf en Saar liep naar woonkamer om de balkondeuren open te zetten. De andere gasten waren kennelijk niet thuis, want het zwembad en de tuin waren verlaten. Ze ging op een stoel zitten en staarde een tijdje voor zich uit, terwijl ze probeerde op een rijtje te zetten wat ze moest doen. Uiteindelijk pakte ze haar telefoon en belde haar moeder.

'Had ik moeten zeggen dat Niek bij mij was?' vroeg ze, toen ze op dat punt in haar relaas was aangekomen.

Haar moeder, die tot dan toe niet zo veel had gezegd, klonk ineens stellig. 'Natuurlijk niet. Je moet niet liegen tegen de politie.'

'Maar als hij bij mij was, kon hij niet...'

'Maar hij was niet bij jou, Saar.' Haar moeder haalde diep adem. 'Als hij er niets mee te maken heeft, kunnen ze hem echt niet vasthouden op basis van het feit dat hij die nacht een paar uur weg was.'

Saar knipperde een paar keer. *Als hij er niets mee te maken heeft...* Ze vroeg zich af of haar moeder in gedachten ook het tegendeel daarvan toeliet. Een paar keer slikte ze. Het was geen mooi idee, maar als ze eerlijk was moest ze toegeven dat zelfs zij ergens in haar hoofd dat tegendeel liet rondzingen.

'Maar hij heeft het niet gedaan', zei ze met alle overtuiging die ze in huis had, om die ene gedachte te overstemmen.

'Dan hebben ze geen enkel bewijs en moeten ze hem laten gaan', zei haar moeder. 'Is die advocaat er al?'

Saar keek op haar horloge. Nog zes uur tot de aankomst van de vlucht.

'Dan is hij vast zo op vrije voeten', zei haar moeder.

'We komen dan meteen naar huis.' Saar snoof diep. 'Ik wil hier geen seconde langer meer blijven.'

Toen ze had opgehangen, leek de stilte zichzelf nog wat verder te hebben verdiept. Ze liep naar binnen, schonk een glas water in en raapte de kleding van de grond die van een stoel was gevallen toen de agenten met grote stappen door het huis waren gegaan. Even drukte ze haar neus in de kraag van Nieks overhemd. Zijn geur zat er nog aan. Het was of hij elk moment binnen kon komen.

Ze legde de kleding in de slaapkamer en begon daarna door de woonkamer te ijsberen. Toen ze gek werd van haar eigen geloop, pakte ze haar telefoon. Ze ging naar Google en typte de naam van Patrick Koelstra, zonder zelf te weten waar ze op uit was. Er moest iets zijn, het allerkleinste detail, het miniemste woordje, een heel kleine opening. Iets waaruit zou blijken dat Niek er niets mee te maken kon hebben. En zij moest het vinden.

Ze opende het ene nieuwsbericht na het andere. Het nieuws dat het lichaam was gevonden domineerde alles. Overal hetzelfde bericht, bijna dezelfde tekst zelfs. Inmiddels had de politie ook bekend gemaakt dat er een arrestatie was verricht, wat door minstens zoveel media was overgenomen. Saar opende alles, maar vond niets. Vanuit één bericht werd doorgelinkt naar Patricks facebookpagina en hoewel haar eigen gegluur haar een ongemakkelijk gevoel bezorgde, opende ze die ook. Patrick had foto's gemaakt van Bonaire en van hemzelf in duikuitrusting. Ook waren er beelden waarop hij ontspannen lachte, een biertje in zijn hand. Saar bekeek ze een voor een. Vaak was Patrick in gezelschap, maar ze herkende niemand.

Ze legde haar telefoon weg, nam een paar slokken water en pakte het toestel toen weer op. Besluiteloos liep ze ermee rond. Ze haalde diep adem en probeerde na te denken, maar haar hersenen blokkeerden. Ze duwde haar vuisten tegen haar voorhoofd. Er waren zoveel mogelijkheden, zoveel vertakkingen in de talloze scenario's die ze kon verzinnen. Elke keer verzandde ze erin. Ze zuchtte diep en richtte haar aandacht weer op het scherm. Stug ging ze door met het openen van de nieuwsberichten. Eén bericht kopte dat de politie het onderzoeksteam opnieuw had uitgebreid met rechercheurs uit Curaçao, het dateerde van twee dagen geleden. Her en der werd gesuggereerd dat Patrick niet de lieve jongen was die hij leek te zijn, maar daarvoor werd weinig concreet bewijs aangevoerd.

Haar oog viel op een bericht dat drie dagen geleden al was geplaatst op de site van de krant. Het was kort, onopvallend bijna.

Broer vermiste Patrick start eigen onderzoek

Twee alinea's waarin stond dat Stefan Koelstra, de broer van Patrick die kort na zijn verdwijning op Bonaire was aangekomen, zelf op zoek ging naar aanknopingspunten. Wie iets wist, werd verzocht zich bij hem te melden. Er stond een e-mailadres bij. Saar staarde een tijdje naar haar scherm. Toen legde ze haar telefoon aan de kant, maar binnen een minuut pakte ze hem weer. Opnieuw las ze het bericht, en daarna nog een keer. Ze kon hem niet helpen met informatie, alles wat ze wist had ze al aan de politie verteld. Toch hadden ze voor haar gevoel iets gemeenschappelijk. Patricks broer wilde de dader vinden, en dat gold voor haarzelf ook. Ze knikte een paar keer kort. Ze wist wat haar te doen stond.

Met een paar tikken tegen haar scherm opende ze een nieuwe mail. Ze typte het adres over uit het nieuwsbericht. Expres hield ze het bericht kort. *Ik denk dat wij moeten praten. Bel me.* Gevolgd door haar naam en nummer. Daarna legde ze haar telefoon aan de kant. Ze voelde zich op een vreemde manier leeg, alsof het sturen van een simpel mailtje haar had uitgeput.

Vrijwel meteen ging haar telefoon. Saar schrok, maar het bleek Toine te zijn. 'Ik heb het gehoord', zei hij, zodra ze opnam. 'Wat verschrikkelijk. Ik had geen idee dat hij...'

Hij maakte zijn zin niet af.

'Het moet een enorm misverstand zijn', zei Saar. 'Niek en die Patrick kennen elkaar niet eens. Ik weet niet waarom de politie hem heeft opgepakt, maar het kan niet anders dan dat hij snel weer vrijkomt.'

'Denk je dat?' vroeg Toine. Saar had moeite de toon in zijn stem te peilen, maar haar beste gok was dat hij hoopvol klonk.

'Dat kan niet anders. Niek en ik zijn hier gewoon op vakantie. Toen Patrick verdween, waren we hier nog maar net.' Ze schudde haar hoofd. Nu ze het weer hardop uitsprak, klonk het haar opnieuw bizar in de oren. 'Gelukkig is er een goede advocaat onderweg vanuit Nederland.'

Toine haalde diep adem. 'Hoe gaat het nu met jou?' vroeg hij.

Saar haalde haar schouders op en nam een paar seconden om een antwoord te formuleren voor ze begon te praten. 'Ik ben vanochtend bij de politie geweest', zei ze, hoewel dat geen antwoord op de vraag was.

'En?'

'Ze willen niet zeggen waarom ze Niek vasthouden of welke bewijzen ze hebben. Ze hadden een heleboel vragen voor mij, die ik zo goed mogelijk heb beantwoord.'

'Hm.' Toine klonk nadenkend. 'Ik pieker me suf of ik iets voor hem kan doen, maar voor nu weet ik niet zo goed wat.'

'Dat is aardig van je', zei Saar. 'Het zal allemaal wel snel worden opgelost en dan komt hij zo weer vrij.'

Ze praatten nog wat en Toine drukt haar twee keer op het hart om te bellen als hij iets voor haar kon doen. Hij bood aan dat ze weer naar het gastenverblijf kon verhuizen, maar bij het idee alleen al liep er een rilling over Saars rug. Daarna vroeg hij of hij naar haar toe moest komen, maar ook dat aanbod sloeg ze af. Uiteindelijk nam ze afscheid en hing op. Ze controleerde meteen haar mail. Geen reactie van Patricks broer. Ongeduldig keek ze op de klok. Nog maar drie kwartier verstreken sinds ze thuis was gekomen, het vliegtuig met daarin de advocaat vloog nog ver weg boven de oceaan. Ze stond op en net toen ze de deur uit wilde gaan zonder een bestemming in gedachte, ging haar telefoon opnieuw. Ze keek naar het nummer in het scherm, maar het kwam haar niet bekend voor. Haar hartslag nam toe.

'Saar Rietberg.'

'Met Stefan', zei een mannenstem toen Saar opnam.

Saar likte aan haar lippen. Ze wist meteen wie dit was. 'De broer van Patrick Koelstra', verduidelijkte de man die haar gebrek aan reactie opvatte als verwarring over wie ze aan de telefoon had.

'Ja.' Saar schraapte haar keel. 'Goed dat je belt. Ik wil je graag spreken.'

Nu was hij het die even stil bleef. Uiteindelijk deed hij zijn mond open. 'Ik, eh... Wat kun je me over mijn broer vertellen?'

Saar aarzelde even, maar toen haalde ze diep adem en zei: 'Ik ben degene die zijn lichaam heeft gevonden.'

Het volgende moment klonk er afwijzing door in de stem van de man. Saar had zich afgevraagd of hij zou weten wie ze was en wat haar relatie was tot de enige verdachte die de politie op dit moment had. Stefans toon alleen al beantwoordde die vraag. 'Ik denk niet dat wij iets te bespreken hebben.'

'Wacht...' zei Saar, bang dat de verbinding subiet zou worden verbroken. 'Ik begrijp dat je niet op mij zit te wachten, maar ik wil toch graag met je praten. Ik denk dat we hetzelfde doel hebben.'

'Mijn doel is dat de dader zal boeten voor de dood van mijn broer', zei Stefan bruusk.

Saar sloot even haar ogen. 'Het mijne ook.'

'Dan had je misschien...'

'Wacht.' Saar haalde diep adem. 'Ik wil het graag uitleggen. Mijn vriend is inderdaad opgepakt, omdat hij wordt verdacht van betrokkenheid bij de dood van jouw broer. Maar het moet een fout zijn. Hij kent Patrick niet, we waren pas een dag op Bonaire toen jouw broer verdween. Ik heb echt geen idee waarom hij nu vastzit. Maar ons doel is hetzelfde: de werkelijke dader opsporen.'

Aan de andere kant van de lijn bemerkte ze enige aarzeling. 'De politie pakt niet zomaar iemand op', was het antwoord.

'Dat weet ik.'

'Hoe weet jij zo zeker dat jouw vriend niet de dader is?'

Saar slikte. Ze zocht naar woorden om haar gevoel over te brengen, zonder de politie ergens van te betichten. 'Je hebt gelijk', zei ze toen, omdat ze voelde dat ze beter kon meebewegen. 'Ik kan dat niet honderd procent zeker weten.

Het enige dat ik wel zeker weet, is dat ik Niek al heel lang en heel goed ken. Hij is geen moordenaar, dat kan gewoonweg niet.' Ze zweeg even en glimlachte toen even zonder vreugde. 'Maar ik begrijp het', zei ze uiteindelijk. 'Ik begrijp dat het voor jou anders ligt. Ik had geen contact moeten opnemen.'

Ze meende het oprecht. Het was een dwaas idee geweest. Ze kon zich geen voorstelling maken van de bizarre achtbaan waarin het leven van Patricks broer zich op dit moment bevond, en van het verdriet, de woede en de onmacht die hij moest voelen. 'Het spijt me', zei ze. 'Ik wens je veel...'

'Nee, wacht', onderbrak hij haar. 'Misschien heb je gelijk. Misschien is iemand anders de dader, of zijn er meer mensen bij betrokken. Dat is iets wat de politie op dit moment ook nog niet weet.'

'Ja', zei Saar, maar ze wist niet goed hoe ze moest doorgaan.

'We kunnen praten', zei Stefan toen. 'Koffiedrinken.'

Saar rechtte haar rug. 'Dat zou ik heel erg waarderen.'

'Het moet wel tot morgen wachten. Ik wil eerst afwachten wat de politie vanmiddag zegt.'

Ze spraken af elkaar de volgende ochtend te treffen in een koffietent in Kralendijk. Saar krabbelde het adres op een briefje, bedankte de man nogmaals en hing op. Toen ze haar telefoon op tafel legde, merkte ze dat haar hand trilde.

Ze staarde voor zich uit. Haar gedachten begonnen op volle toeren te draaien. Elke minuut sinds ze het lichaam had gevonden, kwam opnieuw voorbij. Alles draaide rond, alsof ze zonder het te weten in een centrifuge was gestapt die zich niet liet stoppen. Ze sloeg haar handen voor haar gezicht, maar de beelden stopten niet. Het lichaam, het onderzoek, de arrestatie – elke keer kwamen ze voorbij, als een film die op *repeat* was gezet. Uiteindelijk kwam ze overeind, pakte haar tas en liep de deur uit. Waarheen wist ze niet.

'Met Saar Rietberg'. Vrijwel meteen nadat haar telefoon was gaan rinkelen en er een onbekend nummer in het scherm was verschenen, nam Saar op. Half verwachtte ze dat het iemand van de politie was, maar er klonk een vrouwenstem zonder de Antilliaanse tongval waaraan ze al gewend was geraakt. De stem klonk kordaat.

'U spreekt met Carla van Twicht, advocaat. Ik ben hier voor uw partner.'

Saar keek op haar horloge. Een uur en tien minuten waren verstreken sinds het vliegtuig was geland.

'Ik ben zojuist gearriveerd op het politiebureau van Kralendijk', zei de vrouw.

'Dan kom ik er ook meteen aan.' Saar zei gedag en kwam overeind. Ze legde wat geld op tafel voor de kop koffie die ze maar half had opgedronken en liep naar de auto. Ze stond zichzelf toe ergens diep vanbinnen opluchting te voelen. Wat er nu ook zou gebeuren, ze wist in elk geval dat Niek de juiste bijstand had.

Het was maar een paar minuten rijden naar het politiebureau, niet lang genoeg voor de airco om z'n werk te doen. In de auto was het warm, het stuur voelde gloeiend heet onder haar handen. Saar merkte het amper. Ze had een groot deel van de afgelopen uren in de auto doorgebracht, rijdend over eiland, op zoek naar iets wat ze zelf niet wist. Ze was naar het strand gegaan waar Patrick voor het laatst was gezien, ze was langs het huis van Toine en Pauline gereden. Ze was zelfs naar het appartement van Patrick in Kralendijk gereden, het adres daarvan had ze op internet gevonden. Alleen bij het strand was ze uitgestapt, maar toen ze eenmaal op het zand stond, haar blik op de zee gericht, turend naar de golven die rollend aan land kwamen, wist ze niet wat ze kwam doen. Ze hoopte op een inzicht, een brainwave, de sleutel tot de antwoorden waar ze maar niet bij kon. Maar hoe meer ze had gereden, hoe meer ze had moeten beseffen dat die sleutel niet bestond, en de antwoorden evenmin.

Uiteindelijk was ze neergestreken op een klein terras aan de rand van Kralendijk. Ze wist niet waarom ze voor dat terras had gekozen – het was met zijn witte plastic tuinstoeltjes en groezelige tafels niet meteen aantrekkelijk te noemen. Maar het was er zo goed als verlaten, de enige andere tafel werd ingenomen door een groepje oude Antilliaanse mannen die geen acht op haar sloegen. Het laatste wat Saar wilde was zich mengen onder de toeristen, de gezinnen, de stelletjes die lachend zaten te kletsen.

Het had een kwartier geduurd voor er een ober kwam aansloffen en toen nog eens een kwartier voor haar bestelde koffie werd gebracht. Het tempo van de bediening was wel het laatste waar ze zich druk om had gemaakt. Ze had toch geen andere plek waar ze moest zijn.

Een paar keer was haar telefoon gegaan: haar moeder, schoonmoeder, haar broer. Twee keer had haar schoonvader gebeld om te vragen of de advocaat er al was, twee keer had Saar doorgegeven hoe laat het vliegtuig zou landen. Een vluchtige blik op haar scherm had haar geleerd dat ze talloze appjes had, nu het nieuws van Nieks arrestatie zich als een olievlek onder hun vrienden verspreidde. Geen van hen kon geloven dat hij het echt had gedaan, het woord 'misverstand' viel vaak. De berichtjes deden Saar goed, het was fijn om zoveel steun te krijgen.

Ze parkeerde de auto voor het politiebureau en draaide de sleutel om in het contact. Even bleef ze zitten, daarna wreef ze met beide handen over haar voorhoofd en vermande zich. Het voelde alsof er watten in haar hoofd zaten. In het vakje van de deur vond ze een flesje water en ze dronk een paar slokken. Het smaakte lauw, maar toch knapte ze er een beetje van op.

Toen ze uitstapte, viel haar oog op een figuur voor de deur van het bureau. Een ranke vrouw, iets langer dan Saar, van middelbare leeftijd. Ondanks de warmte droeg ze een grijze lange broek en een onberispelijk jasje. Haar lichtroze blouse was ongekreukt. Ze zag eruit alsof ze net uren had geslapen, niet alsof ze een lange vlucht achter de rug had. Haar haar was kort en donker en ze droeg een bril met een zwart montuur. Toen ze opkeek omdat ze merkte dat Saar naderde, was haar blik opgewekt en scherp. Nog voor ze haar de hand had geschud, had Saar al vertrouwen in de advocaat.

'Carla van Twicht', zei de vrouw, haar handdruk ferm, haar hand zelf aangenaam koel.

'Saar Rietberg.'

'Laten we naar binnen gaan.'

In de hal van het politiebureau loeide de airco op volle sterkte. Saar huiverde even, al was de koelte aangenaam. De advocaat wees naar de kleine, verlaten wachtruimte. 'Zullen we daar even gaan zitten?'

Saar knikte en nam plaats op een houten bankje. De advocaat ging tegenover haar zitten en haalde een zwarte iPad uit haar leren tas. 'Je schoonvader heeft me kort verteld wat er is gebeurd', zei ze. 'Maar ik vind het prettig om van jou te horen hoe het is gegaan. Dan ga ik daarna in gesprek met jouw vriend.'

Saar knikte. Ze was een beetje overvallen door de doortastendheid van de advocaat, maar tegelijkertijd vond ze het fijn dat er geen tijd werd verspild aan het uitwisselen van beleefdheden. Ze dacht even na. 'Ik denk dat ik moet beginnen bij onze ruzie', zei ze toen.

Het halfuur daarna praatte ze aan één stuk door. Ze probeerde zo precies mogelijk te zijn, zonder te verzanden in details. De advocaat tikte mee op haar iPad, knikte zo nu en dan, maar onderbrak Saar niet één keer. Aan het einde van haar relaas voelde Saar zich moe, maar op een vreemde manier ook voldaan.

'Oké', zei de advocaat en ze keek Saar opgeruimd aan. 'Dan ga ik nu in gesprek met mijn cliënt. Ik bel je daarna.'

Ze stond op en liep naar de balie. Binnen enkele ogenblikken kwam er een agent om haar op te halen. Saar keek haar na toen ze verdween door de deur die vergrendeld was met een pasjessysteem. Een kort moment stond ze zichzelf toe om voor zich te zien hoe Niek door die deur zou komen, maar vrijwel meteen schudde ze haar hoofd. Niet te veel op de zaken vooruitlopen, één stapje tegelijk.

Ze stond op en liep naar buiten, knipperend tegen de zon. Terwijl ze naar de auto liep, schoof ze haar zonnebril naar haar neus. Hoewel ze weer alleen in de auto stapte, voelde ze zich minder eenzaam. Alsof met de komst van de advocaat een medestander was gearriveerd. Ze stapte in en stuurde haar schoonvader een berichtje dat de advocaat op dit moment bij Niek was. Vrijwel meteen kwam zijn antwoord, niet meer dan een opgestoken duimpje, maar ook zijn opluchting klonk erin door. Saar startte de motor en reed naar het appartement. Toen ze door de tuin naar de trap liep, voelde ze de blikken van de andere gasten op zich gericht.

HOOFDSTUK 11

EEN PAAR KOPPEN KOFFIE HADDEN DE ERGSTE VERMOEIDheid verdreven. Saar keek op het digitale klokje in het dashboard. Het was tien voor tien in de ochtend. Ze was al vanaf vier uur wakker, en dat terwijl ze pas rond enen in slaap was gevallen. Even had ze bij het opstaan overwogen om te gaan hardlopen, maar uiteindelijk had ze het niet gedaan. Voor het eerst leek sport niet de oplossing. In plaats daarvan was ze in het appartement gebleven en had ze geprobeerd haar slaapgebrek met cafeïne te compenseren, wat aardig was gelukt.

Haar gedachten gleden terug naar gisteravond. Na het gesprek met Niek had Carla van Twicht haar uitgebreid bijgepraat aan de telefoon. Niek was nog steeds in shock, had de advocaat gezegd. Hij was al een aantal keer verhoord, maar had niet veel gezegd. Niet veel concreets, in elk geval. De politie had hem gevraagd waar hij die nacht was geweest, maar zijn enige antwoord was dat hij buiten was geweest en een paar keer hetzelfde rondje had gelopen.

Maar de route die hij had afgelegd, kon hij niet aanwijzen.

Saar had voornamelijk geluisterd naar het relaas van de advocaat. Ze wist niet goed wat ze ervan moest denken. Toen de advocaat had gezegd dat Niek het zwaar had in de cel, had Saar een steek in haar buik gevoeld. Ze wilde dat ze iets voor hem kon doen, maar voorlopig mocht ze hem niet eens spreken.

Ze keek naar buiten, terwijl ze probeerde haar gedachten te verzetten. Nu moest ze zich richten op haar afspraak. Ze had de auto stilgezet voor een koffietentje in Kralendijk, met uitzicht op zee. Even haalde ze diep adem, toen klikte ze de gordel los en pakte haar rugtas. Eenmaal buiten zette ze haar zonnebril op, stak de straat over en ging het kleine restaurantje binnen.

Er was één tafeltje bezet, een oudere man en vrouw met allebei een krant voor hun neus keken niet op toen ze binnenkwam. Een jonge serveerster was de tafels aan het afnemen, hoewel die er ongebruikt uitzagen. Ze keek op toen Saar binnenkwam en glimlachte kort.

Saar aarzelde en koos voor een tafel achter in het kleine tentje. Ze ging met haar rug naar de muur zitten en bestelde een cappuccino. Het was drie minuten voor tien. Ze wachtte.

Om precies tien uur stopte er een kleine, witte auto voor de deur. De wagen stond even stil en kwam daarna langzaam weer in beweging. Saar kneep haar ogen samen en volgde hem met haar blik. Tijdens haar eindeloze gepieker afgelopen nacht had ze scenario's bedacht. Het mailadres was fake, Stefan bestond niet en het was allemaal een grote valstrik van de politie om te zien wie er zou happen. Saar wist ook niet wat het doel daarvan zou kunnen zijn, maar in het holst van de nacht was van ratio niet veel sprake meer geweest.

De witte auto – een Chevrolet, kon ze nu vaststellen – was een onverhard parkeervak ingedraaid. Vrijwel meteen ging het portier open. Een lange man stapte uit, hij leek bijna te lang voor de kleine auto. Saar schatte hem begin dertig. Hij had kort, donker haar en een baardje van een dag. Met zijn korte kakikleurige broek en donkergroene polo leek hij gewoon een van de vele toeristen op het eiland te zijn.

Stefan keek één keer om zich heen en stak doelbewust de straat over. Hij groette de serveerster toen hij binnenkwam en kwam met snelle, korte passen op Saar af. 'Hai', zei hij, zonder te vragen of Saar inderdaad zijn afspraak was. 'Ik ben Stefan.'

Ze probeerde de gelijkenis met Patrick niet te zien, maar dat was moeilijk. Dezelfde ogen, hetzelfde haar.

'Saar.' De handdruk was stevig, daarna viel een korte stilte. Saar zocht naar een beleefdheid, maar alles leek stom. Goed je te ontmoeten? De omstandigheden konden overduidelijk beter. Gelukkig had hij zijn aanvankelijke vijandigheid laten varen.

'Koffie?' vroeg ze en wenkte gelijktijdig de serveerster. Stefan bestelde espresso en boog zich daarna naar Saar toe. Hij had een opschrijfboekje en een pen op tafel gelegd, naast zijn telefoon. Saar keek naar zijn vingers, die met de pen speelden. Het leek een uitlaatklep van nervositeit die hij probeerde te maskeren.

Ze leunde een stukje naar voren. Ze had vooraf bedacht wat ze zou zeggen, maar nu ze hier tegenover Stefan zat, leek alles wat er eerder in haar hoofd was opgekomen vreemd. 'Ik, eh...' zei ze. 'Ik vind het verschrikkelijk van je broer.'

Stefan keek haar aan, zijn adem even ingehouden. 'Ja', zei hij toen, terwijl hij uitblies. 'Ik kan het nog steeds niet geloven.'

Saar haalde diep adem. 'Bedankt dat je me wilde spreken', zei ze toen.

Stefan hield zijn hoofd schuin en keek haar aan. Hij deed zijn mond open om iets te zeggen, maar op dat moment zette de serveerster de koffie voor hem neer. Hij sloeg zijn blik naar haar op en knikte als bedankje. Toen ze was weggelopen zei hij: 'Ik zal je eerlijk zeggen dat ik heb getwijfeld, eigenlijk tot het moment dat ik hiernaartoe reed.'

'Dat begrijp ik.'

'Maar aan de telefoon klonk je...' Hij zocht fronsend naar een woord, maar toen hij het niet kon vinden schudde hij met zijn hoofd. 'Ik wil ook dat de dader wordt gepakt. De echte dader. En op dit moment zijn alle opties nog open, dus ik dacht: praten kan geen kwaad.'

'Dank je wel', zei Saar, terwijl ze haar blik neersloeg. 'Het is een bizarre zaak. Ik snap nog steeds niet waarom Niek is opgepakt. Het enige wat ik zeker weet is dat hij en Patrick elkaar niet kenden. We hebben deze vakantie pas vlak voor vertrek geboekt en we hebben de bestemming gekozen op basis van een aanbieding.' Ze trok haar wenkbrauwen op. 'En nu dit.'

Stefan keek haar aan. 'Ik zal je eerlijk zeggen dat ik de naam van je vriend al uitgebreid heb gegoogeld. In de media wordt zijn achternaam niet genoemd, maar het kostte me niet veel moeite om die te achterhalen. Ik kan ook geen enkele link tussen mijn broer en jouw vriend ontdekken.'

'Dan hebben we dezelfde Google-zoektocht gedaan', zei Saar met een wrang glimlachje. 'Ik begreep uit de media dat Patrick hier zelfs al een tijdje was?'

'Ja.' Stefan haalde diep adem. 'Hij was hier nu drie maanden en wilde minimaal acht maanden wegblijven.'

'Wat ging hij hier doen?'

'Duikles geven. Hij houdt heel erg van duiken en heeft op heel veel plekken op de wereld gedoken. Een kennis van hem heeft een duikschool hier op Bonaire en Patrick kon als instructeur aan de slag. Hij besloot het vrij impulsief: binnen drie weken na zijn besluit was hij vertrokken.'

'Heeft hij zijn baan opgezegd?'

Stefan knikte. 'Hij werkte in de sales, maar daar was hij al langer klaar mee. Eigenlijk zat hij vlak voor zijn vertrek op een punt dat hij niet goed wist wat hij met zijn leven aan moest. Dat zijn relatie na drie jaar ook nog uit ging, was de druppel.' Stefan staarde voor zich uit en leek in gedachten verzonken. 'Ik vond het niet leuk dat hij wegging. We spraken elkaar misschien niet dagelijks, maar we konden goed met elkaar opschieten. Ik wilde hem hier komen opzoeken.' Hij schudde even zijn hoofd. 'Stel dat ik eerder was gekomen, denk ik nu de hele tijd. Misschien had ik...' Stefan haalde diep adem en bleef voor zich uit kijken, zijn zin maakte hij niet af. Het bleef een tijdje stil, Saar wist niet goed wat ze moest zeggen.

Uiteindelijk richtte hij zijn blik op haar. Hij fronste even, alsof hij niet goed wist waarom hij dit allemaal had verteld. 'Maar jij hebt zijn lichaam gevonden.'

Saar sloeg haar blik neer. 'Ja', zei ze zacht. Ze likte even aan haar droge lippen en vertelde over de avond dat ze het lichaam vond. Stefan luisterde zonder haar te onderbreken. Toen Saar uiteindelijk zweeg, staarde hij haar peinzend aan.

'Maar jullie kenden Toine en Pauline niet voordat jullie hier kwamen?' vroeg hij.

Saar schudde haar hoofd. 'We liepen hen op het strand tegen het lijf en het klikte meteen.' Ze fronste even. 'Eerlijk gezegd, toen ik Patricks lichaam had ontdekt, heb ik wel even getwijfeld of zij er niets mee te maken hadden. Maar de politie doet onderzoek en legt geen verband, dus ik heb geen reden om aan te nemen dat dat er wel is.' Ze nam een slok van haar koffie en schudde langzaam haar hoofd. 'Het is sowieso heel vreemd. De arrestatie van Niek lijkt best willekeurig te zijn, alsof ze zomaar iemand hebben vastgezet.'

Stefan tuitte zijn lippen. 'Ik denk de hele tijd: er moet toch een verband zijn met die strandfeesten. Patrick is verdwenen nadat hij op zo'n feest was geweest, en zijn lichaam blijkt te zijn begraven in de tuin van de organisator van datzelfde feest. Ik ken die feesten niet, maar ik vraag me af of het allemaal zo onschuldig is.'

Saar draaide haar kopje rond in haar handen. 'Niek en ik zijn wel op een strandfeest van Toine en Pauline geweest. Het viel mij op dat er veel beveiliging was. De sfeer was heel ontspannen.'

Stefan knikte een paar keer. 'Volgens Patricks vrienden was er die avond niets vreemds aan hem te merken. Hij had zin in het feest. Sowieso zat hij goed in zijn vel sinds hij op Bonaire was, beter dan voor hij wegging.' Hij pakte zijn lepeltje en liet het tussen zijn handen heen en weer gaan. Daarna zette hij zijn kopje aan zijn mond en leek niet te merken dat het al leeg was.

Saar wist niet zo goed wat ze moest zeggen. Ze wenkte de serveerster en bestelde nog twee koffie. Daarna keek ze Stefan aan. 'Heb jij enig idee wat er gebeurd kan zijn?' vroeg ze toen.

Stefan haalde diep adem. Hij leek zijn woorden af te wegen voor hij ze uitsprak. 'Eerst, toen hij nog niet was gevonden, dacht ik dat hij misschien een ongeluk had gehad. Ik bedoel, Patrick was geen heilige. Hij dronk op zo'n strandfeestje heus een biertje en misschien is hij daarna in de auto gestapt, dat zou kunnen. Als hij een ongeluk heeft gehad en iemand had reden om dat te willen verbergen, zou het kunnen dat diegene het lichaam heeft verborgen.' Hij wreef over zijn voorhoofd. 'Maar eigenlijk is dat verhaal niet erg geloofwaardig. Zeker gezien het feit dat zijn auto inmiddels is gevonden bij een haven.'

Saar keek op. Ze had niet gehoord dat de auto terecht was. 'Is zijn auto gevonden?'

'Ja. De politie heeft dat soort informatie niet bekendgemaakt, om het onderzoek te beschermen.' Stefan keek op en glimlachte naar de serveerster, die twee nieuwe koppen koffie op tafel zette. Hij wachtte tot het meisje was weggelopen voor hij verderging. 'In de auto is bloed gevonden, dat van Patrick afkomstig is. De politie zegt dat ze meer sporen hebben, maar die moeten nog worden onderzocht.'

Saar huiverde toen ze even dacht aan het lichaam van Patrick in de auto. Maar ergens deed die opmerking ook de hoop opleven dat de sporen Niek zouden vrijpleiten, al zei ze dat niet hardop.

Stefan keek nadenkend. 'Ik heb al heel vaak gevraagd wat ze denken, maar de politie waagt zich niet aan scenario's, zeggen ze. Dat is vast ook logisch, er valt gewoon niet één kloppend verhaal te verzinnen. Ze hebben zijn laptop helemaal doorgespit, zelfs zijn whatsapp stond erop. Maar er is niets vreemds te vinden.'

Hij keek Saar kort aan, leek met ingehouden adem even te aarzelen en liet toen de lucht ontsnappen. 'Niets, behalve Lilly dan.'

Saar fronste. Haar hand met daarin haar koffiekop bleef halverwege haar mond steken. 'Lilly?'

'Patrick had kennelijk een vriendin hier.' Stefan slaakte

een zucht. 'Of, nou ja, een scharrel. Ik kom er niet echt achter wat er precies was tussen hen.'

'Waren ze al lang bij elkaar?'

'Twee maanden, althans, zo lang whatsappte hij met haar. Volgens mij begint hun conversatie ook ongeveer bij het begin van hun relatie.'

'Heb je haar al gesproken?'

'Nee.' Stefan schudde zijn hoofd en streek even over zijn donkere haar. 'Dat is het vreemde. Ze is niet te vinden. De politie heeft elke Lilly op het eiland opgezocht, maar geen van hen had een relatie met Patrick.'

'Is het wel iemand die op het eiland woont?'

'Ze zagen elkaar vaak, dus ik vermoed van wel. Ik denk eerder dat ze in het echt geen Lilly heet.' Stefan keek haar aan. 'Ze is getrouwd.'

Saar zette grote ogen op. Meteen schoot er van alles door haar hoofd. Een jaloerse partner? Toen ze dat hardop uitsprak, trok Stefan met zijn mond. 'Dat heb ik ook gedacht, maar zolang ik niet weet wie Lilly is, schiet ik hier niet zo veel mee op.' Hij glimlachte zonder vreugde. 'Patrick heeft zijn vriendin naar mij toe ook niet genoemd.'

'Misschien omdat ze getrouwd is.'

Stefan haalde zijn schouders op. 'Dat zou kunnen. Maar aan de andere kant: ik zou altijd mijn mond houden als hij dat zou vragen.' Hij schudde even zijn hoofd en zei toen: 'Uit frustratie heb ik het nummer van die Lilly al heel vaak gebeld. Maar niets, natuurlijk. De politie heeft al vastgesteld dat het om een prepaid simkaart gaat, die waarschijnlijk nu op de bodem van de oceaan ligt.'

'Maar die Lilly...' Saar keek nadenkend. 'Heeft niemand haar en Patrick samen gezien? Was zij die avond niet op dat feest?'

Stefan schudde zijn hoofd. Hij keek wat aarzelend, maar knipperde toen een paar keer en deed zijn mond open. ‘De politie heeft iedereen die die avond aanwezig was gevraagd zich te melden. Bijna alle feestgangers zijn inmiddels ondervraagd. Ik heb er zelf ook een aantal gesproken.’ Hij beet op zijn onderlip. ‘Patrick was voornamelijk in het gezelschap van zijn vrienden. Niemand heeft hem met een vrouw gezien.’

Saar kneep haar ogen een beetje samen. ‘En Toine heeft ook niets gezien?’ vroeg ze.

Stefan schudde zijn hoofd. ‘Ik heb hem natuurlijk gesproken, maar hij was de hele avond in touw als organisator van het feest. Ook mensen van de beveiliging is niets opgevallen.’ Op zijn gezicht was frustratie te lezen. ‘Er leek helemaal niets aan de hand te zijn.’

‘Heb je Toine naar Lilly gevraagd?’

Stefan kneep even met zijn ogen. ‘Nee, dat niet.’

‘Misschien kent hij haar wel.’ Ergens in Saars hoofd was een idee ontstaan, maar dat drukte ze weer weg. ‘Ik spreek hem veel’, zei ze toen. ‘Maar ik heb het nog niet met hem over de avond van het feest gehad. Eigenlijk wilde ik er nog naar vragen.’

Stefan knikte, al leek hij er niet veel vertrouwen in te hebben dat Toine nog iets zou kunnen vertellen. Hij nam een slok koffie, zette zijn kopje terug op het schoteltje. Toen stopte hij zijn spullen terug in zijn tas. ‘Goed om je te spreken, Saar’, zei hij. Ze wist niet of hij het meende, maar waardeerde zijn woorden.

‘Ja’, zei ze. ‘Ik vond het ook goed om jou te spreken.’

‘Laten we elkaar op de hoogte houden.’

Saar knikte, sloeg zijn aanbod om te betalen af en keek daarna toe hoe hij de zaak verliet. Ze bleef nog even zitten en probeerde te verwerken wat ze had gehoord, maar ze kreeg geen grip op haar eigen gedachten. Uiteindelijk betaalde ze de rekening en liep naar buiten. De zon scheen haar fel tegemoet. Ze knipperde en keek naar haar auto, maar ze had geen idee waar ze naartoe moest.

Het duurde tot het einde van de middag tot ze naar het appartement ging. Ze had afgesproken met Nieks advocaat, maar daar was ze niet veel wijzer van geworden. Niek was erg aangeslagen, begreep Saar. Volgens Carla van Twicht begonnen de rechercheurs in de verhoren de duimschroeven aan te draaien, maar behandelden ze hem wel met zo veel respect als in zijn positie verwacht kon worden. Saar was blij dat Niek in elk geval een advocaat had die er bovenop zat.

Na het gesprek was ze naar de supermarkt gegaan en nu kwam ze thuis met een tas vol boodschappen. Normale dingen doen, daar werd ze rustig van, merkte ze. De koelkast inruimen, de schone vaat opbergen. Ze had geen trek, maar toch pakte ze een banaan. Ze pakte een opschrijfboekje en een pen en ging op het balkon zitten. Daarna sloeg ze het boekje open en schreef *Patrick* in het midden van een lege pagina. Ze trok pijlen en schreef daar namen bij: *Niek, Lilly, Toine, Pauline, vrienden.* Waar ze naar zocht wist ze zelf niet, maar het was goed om overzicht te krijgen. Toine en Pauline kenden veel mensen op het eiland, zouden ze echt niet weten wie Lilly was? Was er een link tussen Niek en Lilly, was zijn arrestatie daarop gebaseerd?

Ze sloeg de bladzijde om en schreef op de nieuwe pagina de locaties die belangrijk waren. Het huis van Toine en Pauline, het strandfeest, hun eigen gehuurde appartement in Kralendijk. Maar tussen al die verschillende plekken leek ook al geen verband te bestaan. Peinzend kauwde ze op de achterkant van haar pen.

Misschien moest ze aan Stefan vragen of Patrick en Lilly het over plaatsen hadden gehad. Een strand, een weg, desnoods de naam van een huis. De kleinste aanwijzing kon misschien net dat ene puzzelstukje zijn dat haar een heel klein beetje verder zou helpen. Op dit moment had ze zelfs geen flauw benul waarnaar ze zocht.

Ze bleef nog een tijdje zitten, maar uiteindelijk pakte ze haar telefoon.

'Met Stefan', klonk zijn stem toen hij opnam. Saar wist niet of hij haar nummer had herkend.

Ze schraapte haar keel. 'Hai, met Saar. Ik dacht, ik bel nog even, want...' Ze zocht naar een manier om uit te leggen wat ze bedoelde. 'Ik zat na te denken over de gesprekken tussen Patrick en Lilly en ik vroeg me af of er misschien namen of plaatsen worden genoemd.'

'Hoezo?'

Saar haalde diep adem. 'Ik weet het niet. Ik blijf alleen denken: er moet iets zijn, íéts. Het kan niet allemaal van toeval en willekeur aan elkaar hangen.'

'Daar heb je gelijk in', zei Stefan. Zijn stem klonk vermoeid.

'En ik weet niet of ik wat kan bijdragen, maar stel dat er iets in het gesprek is genoemd wat voor jou of de politie onbeduidend lijkt, maar wat misschien op Niek wijst...'

'Ik wil het je best laten lezen.'

Saar aarzelde even. Dit was meer dan ze had verwacht. 'Maar ik wil niet... Ik zou het ook al heel fijn vinden als jij er met dit in gedachten opnieuw naar wil kijken. Ik bedoel, het is een persoonlijk gesprek van je broer, ik wil zijn privacy niet schenden.'

Stefan ademde hoorbaar uit. 'Dat waardeer ik. Maar de waarheid achterhalen vind ik nu belangrijker. Heb je tijd om nog even af te spreken?'

'Ja.' Saar dacht aan de lege dag die voor haar lag. 'Zelfde plek?'

Vijftien minuten later liep ze voor de tweede keer die dag de koffietent binnen. Dezelfde serveerster was er, deze keer bestelde Saar mineraalwater. Stefan kwam een paar minuten na haar binnen. Hij ging tegenover haar zitten, glimlachte even en reikte in zijn tas om er een kleine laptop uit te halen.

'Dit is Patricks computer', zei hij, terwijl hij de laptop openklapte. 'Hier, lees het zelf maar.'

Saar scrolde door het gesprek tussen Patrick en Lilly. Het voelde vreemd, voyeuristisch zelfs. Hier en daar las ze een zin, maar toen besloot ze helemaal bovenaan te beginnen. Het eerste bericht was van twee maanden geleden, en kwam van Lilly.

Hé kanjer, stond er.

Saars ogen schoten over de regels. Zo te lezen hadden Patrick en Lilly een gepassioneerde relatie, die voornamelijk om seks draaide. Achteraf appte Lilly vaak hoe geweldig het was geweest – wat Patrick dan beaamde – en hoeveel beter het was dan met G., wat kennelijk de man van Lilly was. De ene keer appten ze tien keer per dag, en dan ineens een week of langer niet. Soms liet Lilly weten dat een afspraak niet door kon gaan, de ene keer omdat G. ertussen kwam, soms gaf ze geen reden. Saar probeerde uit de conversatie op te maken waar Patrick en Lilly afspraken, maar ze noemden geen locaties, behalve Patricks huis. Lilly had het wel regelmatig over 'de vaste plek'.

Saars oog bleef hangen bij een vreemde zin. Ze las hem

een paar keer opnieuw en fronste. 'Heb je dit gezien?' vroeg ze.

'Wat?' Stefan boog zich naar haar toe om mee te lezen.

'Hier staat: *Als je je mond niet houdt, kom je hier nooit meer weg.*'

Stefan knikte. 'Dat is heel opvallend, de politie heeft daar ook al naar gekeken. Zij denken dat Lilly bang is voor haar eigen man, voor zijn reactie als hij erachter komt.' Hij scrolde een stukje verder in het gesprek. 'Hier staat bijvoorbeeld ook: *Je weet wat er dan gebeurt.*'

'En Patrick houdt zich dan meteen koest', zei Saar nadenkend.

Stefan knikte. 'Maar verderop zegt Lilly weer dat ze G. gaat verlaten voor hem. Die dreigende taal komt later ook niet meer terug.' Hij wees op het scherm. 'Later zegt ze alleen maar dat Patrick het allerbeste is dat haar is overkomen en dat G. nooit aan hem zal kunnen tippen.'

Saar knikte. De berichtjes met die strekking leken voornamelijk over seks te gaan. Ze keek naar Stefan. 'Vond je het moeilijk om dit te lezen?'

Stefan glimlachte triest. 'Ik vind het vooral moeilijk dat Patrick me niets heeft verteld. Zo was onze band niet, we hadden nooit geheimen voor elkaar. En eerst vond ik het lastig dat ik zonder toestemming berichten zat te lezen die zo privé waren.' Hij haalde kort zijn schouders op. 'Maar je verlegt je grenzen op dat gebied al snel.'

Saar knikte en las verder. Her en der werd de toon wat grimmig, al ging dat ook weer snel over. Dan zei Patrick dat hij het zo niet meer wilde, maar dan zei Lilly weer dat hij geduld moest hebben.

'Hier hadden ze ruzie', wees Saar. Ze keek naar de datum, deze berichtjes waren drie weken geleden uitgewisseld.

De aanleiding was niet helemaal duidelijk, kennelijk was de ruzie al begonnen toen ze elkaar persoonlijk hadden gesproken. Patrick had gestuurd dat hij geen goed gevoel had over die avond, en Lilly had vrijwel meteen geantwoord dat hij dat aan zichzelf te wijten had. Daar was Patrick het dan weer niet mee eens en uiteindelijk kwam het na wat verwijten over en weer tot een gewapende stilte.

Saar las verder. Kennelijk was het de volgende ochtend weer goed, want toen het gesprek verder ging, was de toon heel anders. Flirterig, plagend, Lilly stuurde een bericht dat ze veel zin in Patrick had en hij reageerde met de mededeling dat hij thuis was en de rest van de dag beschikbaar was. Het volgende bericht van Lilly was anderhalf uur later verstuurd.

G. kwam tussendoor. Ben je nog thuis? stuurde ze.

Patrick had meteen geantwoord. *Zeker.*

Ben je beschikbaar? Dat was de volgende vraag geweest.

Voor jou altijd. Hier had hij een smiley achter gezet die z'n tong uitstak.

Ik heb zo veel zin in je, had Lilly laten weten.

Weer had Patrick meteen geantwoord. *En ik in jou.*

Saar stopte even met lezen. Het voelde veel te intiem om deze berichten door te nemen en ze kreeg een steeds ongemakkelijker gevoel. Ze keek even naar Stefan, maar die was verdiept in iets op zijn telefoon. Saar haalde diep adem en las toen toch maar verder.

Als ik alleen al naar je kijk, word ik geiler dan iemand op dit eiland ooit is geweest.

Ze wendde haar blik af van het scherm en draaide de laptop naar Stefan toe. 'Ik, eh...' begon ze, terwijl ze eigenlijk niet wist wat ze moest zeggen. 'Ik kan er niet zo veel uit opmaken.'

Hij schudde zijn hoofd. 'Nee, ik ook niet.'

'Het zou Pauline kunnen zijn, het zou ook iedere andere vrouw op het eiland kunnen zijn.' Ze glimlachte triest, maar vermande zich toen. 'Het enige wat ik kan doen, is heel voorzichtig mijn licht opsteken bij Toine.'

'Oké.' Stefan knikte. 'Wie weet.'

Hij klapte de computer dicht en stopte die in zijn tas.

'Ik bel je als ik meer weet', zei Saar, en hij beloofde andersom hetzelfde te doen. Ze namen afscheid met een handdruk. Saar keek toe hoe de man de zaak verliet, daarna betaalde ze en liep zelf ook vlug naar haar auto.

Hoewel de temperatuur in de wagen door de zon ver was opgelopen, liet ze de motor nog even uit. Met de deur dicht bleef ze zitten, voor zich uit starend. Ze merkte nu pas hoe moe ze was na de vrijwel doorwaakte nacht. Het gesprek met Stefan herhaalde zich in haar hoofd. Lilly, Patrick, Niek, Pauline – het waren net puzzelstukjes die los door de ruimte zweefden. In haar hoofd probeerde ze ze in elkaar te passen, maar het klopte van geen kant. Het leken niet eens onderdelen van dezelfde puzzel.

Uiteindelijk haalde ze diep adem en startte de motor. De airco begon te loeien en koelde haar verhitte gezicht. Ze sloot even haar ogen en hield haar wangen voor de blower.

Hoofdstuk 12

Het was alsof ze het al voelde voor ze had opgenomen. In het scherm van haar telefoon zag ze niet meer dan de naam van de advocaat, die haar gisteren en vandaag al zeker tien keer had gebeld. Waarom het deze keer anders was, wist Saar ook niet. Maar het was anders. Niet goed. Ze voelde het aan alles. De hand waarmee ze naar het toestel ging, trilde. Haar stem haperde toen ze opnam. Carla van Twicht klonk minder kordaat dan eerst.

'Ik heb net weer een verhoor bijgewoond', zei ze. 'Het spijt me je dit te moeten melden, maar je vriend heeft zijn betrokkenheid bij de moord op Patrick Koelstra bekend.'

Saars mond viel letterlijk open. Ondanks de warmte van de zon trok er een ijskoude rilling van boven naar beneden door haar lichaam. Meteen volgde een tweede rilling, en toen nog een. Daarna kreeg ze het juist heel warm, alsof ze koorts had. 'Bekend?' herhaalde ze met droge mond, alsof ze het woord eerst zelf op haar tong moest proeven om het ten volle tot haar te kunnen laten doordringen.

'Niet de moord zelf, maar wel een zekere betrokkenheid', verduidelijkte de advocaat. 'Gaat het?' vroeg ze er meteen achteraan. Saar wist niet welke aanblik ze op dat moment bood, maar het zou haar niet verbazen dat ze zo wit was als haar koffiekopje. Ze voelde zich duizelig.

'Maar hij heeft...' Saar sloot haar ogen en schudde haar hoofd. 'Hij heeft het helemaal niet gedaan.' Ze hoorde zelf hoe dun haar stem nog klonk.

De advocaat zweeg even. Toen ze weer begon te praten klonk het alsof ze haar woorden met zorg koos. 'Hij heeft toegeven dat hij in de nacht dat jullie ruzie hadden naar het strandfeest is gegaan, waar Patrick is vermoord. Toen heeft hij de auto met daarin het lichaam naar het huis van Toine en Pauline gereden en daar heeft hij het in de tuin begraven.'

'In zijn eentje?'

'Het antwoord op die vraag valt binnen mijn beroepsgeheim.'

'Maar de dader... Niek weet dan toch wie de dader is?'

'Ik wilde dat ik je vragen kon beantwoorden', zei de advocaat en Saar geloofde dat de spijt in haar stem oprecht was. 'Het enige wat ik je kan vertellen is dat er bewijsmateriaal is dat zijn verklaring ondersteunt.'

'Wat voor bewijsmateriaal?'

'Sporen. Vingerafdrukken op het stuur van de auto van het slachtoffer.'

'Van wie?' vroeg Saar, maar haar eigen vraag klonk haar onnozel in de oren. 'Van Niek?'

'Van Niek', antwoordde de advocaat. 'Bovendien is er materiaal van hem gevonden in de kofferbak van die auto.'

'Materiaal?'

'Een haar.'

'Misschien heeft hij Patricks auto...' Saar hapte naar

lucht terwijl ze naarstig zocht naar het vervolg op die zin. 'Geleend', zei ze toen, zonder enige overtuiging in haar stem.

De advocaat gaf geen antwoord. In plaats daarvan zei ze: 'Op basis van deze informatie is zijn voorarrest met een maand verlengd.'

Er gingen talloze vragen door Saars hoofd, maar toen ze die op de advocaat afvuurde, zei die: 'Ik weet ook nog niet alles. Niek heeft nu rust nodig. Hij gaat wat eten en daarna heb ik een gesprek met hem. Ik hoop dat hij me dan alles vertelt.'

Uiteindelijk ging Saar op de bank zitten en voelde zich uitgewrongen, leeg, een lappenpop. 'Oké', zei ze toonloos. En toen: 'Bedankt voor het bellen.'

Toen ze had opgehangen, bleef ze even doodstil zitten. Daarna pakte ze een kussen van de bank en smeet het van pure frustratie op de grond, hoewel zo'n gebaar helemaal niets voor haar was. Boven alles knalde er één ding door haar hoofd: het besef dat dit het was. Haar relatie, haar leven met Niek, alles wat zo vertrouwd was, het was allemaal voorbij. Iedere herinnering, ieder moment dat ze samen hadden doorgebracht, het geluk – alles was bezoedeld. Al haar vertrouwen was weg. Alles wat ze samen waren geweest, leek besmeurd met een dikke, giftige laag pek. Nee, er was nog niets bewezen, maar dat er veel, veel meer was gebeurd dan Niek haar had verteld, daar kon ze nu niet meer omheen. Hij had gelogen, keihard gelogen en dat zou ze nooit kunnen vergeten. Hoe kon hij een nacht weg zijn geweest, waarschijnlijk vreselijke dingen hebben gedaan en de volgende ochtend doen alsof er niets was gebeurd? Alleen iemand zonder geweten was daartoe in staat.

Ze schudde haar hoofd. Het was gewoonweg niet te begrijpen. Hoe had ze het nooit kunnen merken? Al die jaren met Niek – had ze dan de signalen gemist? Het was onvoorstelbaar. Tot een uur geleden zou ze hebben gezworen dat hij onschuldig was, dat ze hem door en door kende. Ze legde haar hoofd in haar handen. Ergens in haar gedachten riep een stemmetje dat zij en Niek natuurlijk geen kind hadden gekregen, dat het nooit zo had moeten zijn dat ze die ultieme vorm van liefde zouden delen. Het zou gebouwd zijn op drijfzand, op wrakhout. Niets klopte meer, en het zou nooit meer kloppen.

Vanbinnen raasde alles door elkaar heen. Ze stond op en met grote stappen beende ze heen en weer door de kamer. Woede, frustratie, tienduizend vragen, verdriet – een mix van emoties kolkte door haar heen en benam haar zowat de adem. Ze gaf een schop tegen het kussen, dat een paar meter verderop belandde. Hoe zou ze verder kunnen met iemand die dit op zijn geweten had, iemand die zo glashard tegen haar had gelogen? Dubbelleven, dat woord kwam in haar op. Ze snakte naar een verklaring. Geen van beiden waren ze ooit op Bonaire geweest. Hoe raakte Niek dan in vredesnaam verzeild op een feest waar hij plotseling aan het stuur zat van een geïmproviseerde lijkwagen? Ze tastte wild naar allerlei verklaringen die als pingpongballen door haar hoofd schoten. Maar niet één kwam in de buurt van de logica.

Uiteindelijk kwam ze tot stilstand voor het raam. Met nietsziende ogen staarde ze voor zich uit, haar hart wild pompend. Ze pakte haar telefoon, maar voor ze haar moeder kon bellen, begon het toestel al te rinkelen. Ze keek op het scherm, maar herkende het nummer niet.

'Met Saar.'

'Ik vind het zo erg voor je', zei een stem, toen ze opnam. Toine. Saar wist niet hoe de informatie van Nieks bekentenis hem zo snel had bereikt en het deed er ook niet toe. Ze wilde iets zeggen, maar haar keel zat dichtgesnoerd.

'Ik kan het niet geloven', zei ze uiteindelijk, hoewel het besef haar al in beslag had genomen. 'Ik kan het gewoon niet geloven.'

'Ik kom naar je toe', zei hij. 'Je moet nu niet alleen zijn.'

Het volgende moment was de verbinding verbroken. Saar staarde naar haar telefoon in haar hand, alsof ze zelfs niet wist hoe het toestel daar terecht was gekomen. Terwijl ze keek, begon het opnieuw te rinkelen. Ze keek naar de naam en nam aarzelend op. 'Met Saar.'

'Met Stefan.'

Even was ze bang dat hij woedend was. Dat hij zich opgelicht voelde, alsof Saar al die tijd wel degelijk van de betrokkenheid van haar vriend had geweten.

Saar haalde diep adem. 'Niek heeft betrokkenheid bekend', zei ze, om het maar meteen op tafel te gooien. 'Zijn advocaat belde net.'

Even was er een stilte aan de andere kant van de lijn. 'De politie heeft het me verteld.'

'Ik...' Saar sloeg haar hand voor haar mond en wist niet hoe ze haar zin moest afmaken.

Stefans stem klonk zacht. 'Ik vind het verschrikkelijk voor je.'

'Ja.' Saar knipperde een paar keer. 'Het spijt me', zei ze toen. 'Ik was er echt van overtuigd dat...'

'Niet doen. Je hoeft geen spijt te hebben. Het is niet jouw schuld.' Hij zweeg even en zei toen: 'Weet je nog steeds zeker dat er geen link is tussen Patrick en jouw vriend? De politie wil het in het kader van het onderzoek niet zeggen, maar het blijft maar in mijn hoofd zitten. Ik wil antwoord op de vraag waarom Patrick dood moest en als jouw vriend betrokken is, moet er toch haast wel een link tussen hen zijn.'

'Ja', zei Saar, wetend dat ze die link niet kon leggen. Ze had er al zo lang over gepiekerd. 'Toine komt hiernaartoe', zei ze toen. 'Ik zal proberen of ik...'

'Ja', zei Stefan, toen ze haar zin niet afmaakte. 'Ik vlieg zelf morgen terug naar Nederland. Het lichaam van mijn broer is vrijgegeven en ik wil samen met hem...' Hij haperde even. 'Nou ja, je snapt wat ik bedoel.'

Saar knikte. Ze wenste hem sterkte en nam daarna afscheid. Toen ze had opgehangen, beet ze zo hard op haar lip dat ze bloed proefde. Maar ze kon niet voorkomen dat de tranen over haar wangen begonnen te stromen.

Het eerste wat ze zag was de wijnfles die hij omhooghield. 'Alcohol helpt vast niet, maar het zal het ook niet erger maken.'

Saar deed een stapje opzij om hem erlangs te laten. Wijn was wel het laatste waar ze zin in had. Maar ze waardeerde het gebaar.

Toine liep langs haar heen naar binnen en zette de fles op het aanrecht. Daarna spreidde hij zijn armen en sloeg ze om Saar heen. Hij trok haar zo dicht tegen zich aan dat het haar moeite kostte om adem te halen. 'Ik vind het zo verschrikkelijk voor je', zei hij.

Saar reageerde niet. In plaats daarvan knikte ze tegen Toines borst en toen hij haar had losgelaten, keek ze fronsend om zich heen. 'Het is hier donker', zei ze, iets wat ze eerder niet had opgemerkt. Ze knipte een lamp aan. Ze had geen idee hoe laat het was, maar aangezien het buiten donker was geworden, moest het avond zijn. Toine keek even naar buiten en sloot de gordijnen. Daarna blikte hij om zich heen in het appartement.

'Ik snap nu wat je bedoelt', zei hij, alsof de staat van de accommodatie nog altijd een punt van zorg voor Saar was. Ze volgde zijn blik en pas nu weer zag ze de vochtplekken op de muren, veroorzaakt door lekkage, en de versleten meubels. Het leek haar een ongekende luxe om zich druk te maken om dat soort zaken.

'Wil je iets drinken?'

Toine knikte en rommelde in de keukenla om een opener te vinden. Saar schonk voor zichzelf een glas water in. Ze keek toe hoe Toine toch twee wijnglazen op de salontafel zetten en ging toen tegenover hem zitten, zij op de bank en hij op een van de twee stoelen.

Toine hield zijn hoofd schuin. Even leek hij weer op de yogaleraar die ze tijdens de eerste ontmoeting in hem had gezien. 'Hoe gaat het nu met je?' vroeg hij, alsof het antwoord daarop niet van haar gezicht af te lezen was.

Saar haalde diep adem. 'Tja, afgezien van het feit dat mijn vriend ineens bij een moord betrokken blijkt te zijn...' Ze trok een cynisch gezicht.

'Ja.' Toine knikte met iets begrijpends in zijn blik. 'Ongelooflijk, hè? Ik ken Niek natuurlijk nog maar net, maar hij leek me zo'n vriendelijke jongen. Ik mag graag roepen dat ik veel mensenkennis heb, maar deze keer zat ik er blijkbaar naast.'

Saar snoof even, maar zei niets. Toine steunde met zijn onderarmen op zijn knieën en hield zijn glas met beide handen vast. Hij liet de vloeistof erin ronddraaien. Er viel even een stilte voor hij weer begon te praten. 'Soms ken je iemand blijkbaar een stuk minder goed dan je denkt.'

Saar keek naar zijn gezicht. Het viel haar op dat hij er anders uitzag, in een paar dagen tijd leek hij ouder te zijn geworden. Veel ouder. Zijn haar was piekerig. Hij schudde kort zijn hoofd.

'Ik kan er ook nog steeds niet bij dat het lichaam in onze tuin lag.'

'Heeft de politie daarover al opheldering kunnen geven?'

Toine aarzelde even. 'Niet echt', zei hij toen. 'Er zijn vermoedens, maar niets is concreet.'

'Wat zijn die vermoedens dan?'

Toine moest even nadenken. 'Het is ingewikkeld', zei hij toen. 'Door de feesten die wij organiseren hebben we veel contacten. Veel goede contacten, maar in het verleden hebben we ook weleens ruzie gemaakt. Mensen van onze feesten verwijderd, of geweigerd aan de deur. Mensen van wie wij weten dat ze niet kwamen om te dansen, maar om te dealen.' Hij nam een slok en zweeg even. Toen hij verder praatte, keek hij haar niet aan. 'Mensen die tot veel in staat zijn. Maar wij zijn niet gezwicht en daar maak je niet altijd vrienden mee.'

Saar knikte en kneep haar ogen samen. 'Maar wat heeft Niek daarmee te maken?'

Toine haalde kort zijn schouders op. 'Ik heb geen idee.' Hij keek haar aan. 'Maar het zal vast niet de eerste keer zijn dat een man zich inlaat met drugshandel, terwijl zijn vrouw van niets weet.'

Saar schudde zacht met haar hoofd. Ze hoorde Toines woorden wel, maar kon zich niet voorstellen dat die iets met Niek te maken hadden.

'De politie denkt in elk geval dat het daarmee te maken heeft', ging Toine verder. 'Dat Patrick zich heeft ingelaten met drugscriminelen en dat de moord een afrekening is. Omdat die drugs-lui het niet zo op mij en mijn vrouw hebben, hebben ze geprobeerd ons een hak te zetten door het lichaam in de tuin te begraven.'

Saar knipperde een paar keer. Ze hoorde wel wat Toine

zei, maar de informatie liet zich niet vangen. Het bleven losse zinnen, ze kon ze niet aan elkaar leggen. Niek paste op geen enkele manier in dat plaatje.

'Tja', zei ze uiteindelijk maar en ze wreef met beide handen over haar gezicht. 'Ik denk soms nog steeds dat het allemaal een nare droom is waaruit ik elk moment kan wakker worden. Maar ik vrees toch dat dit de werkelijkheid is.'

'Heb je Niek nog gesproken?'

Saar schudde haar hoofd. 'Maar eerlijk gezegd heb ik die behoefte ook niet zo. Ik weet niet in hoeverre hij betrokken is, maar hij heeft me in elk geval voorgelogen.' Toine glimlachte treurig. 'Ik vind het zo erg voor je.'

Saar gaf geen antwoord. In plaats daarvan nam ze een slok van haar water en keek Toine weer aan. 'Ik heb de broer van Patrick vandaag gesproken.'

Hij fronste verbaasd. 'Hoe dat zo?'

'Ik dacht dat we hetzelfde doel hadden: de dader vinden. Toen wist ik nog niet dat Niek erbij betrokken was. Maar in zekere zin is de zoektocht niet veranderd, want de echte dader loopt nog vrij rond.' Ze haalde haar schouders op. 'Al houdt het voor mij wel op hier.'

Het voelde al dagen geleden dat ze Stefan had gesproken, zoveel was er in de tussentijd gebeurd. Alles was anders nu ze niet langer Nieks onschuld moest verdedigen. Maar ergens voelde ze nog steeds de drang om informatie te verzamelen, om in ieder geval de waarheid te weten te komen. En ze wilde Stefan helpen om erachter te komen wie Lilly was.

'Hij vertelde me dat Patrick een affaire had met een vrouw, maar dat de politie haar nog niet heeft gevonden.'

Toine tuitte zijn lippen en knikte even, alsof hij een moment nam om die informatie op zich te laten inwerken.

'Tja', zei hij uiteindelijk en haalde kort zijn schouders op. 'Die jongen was hier op sabbatical, heb ik begrepen. Die nam het er misschien wel van.'

'Die vrouw, ene Lilly, ging haar man vertellen dat ze met Patrick verder wilde.'

'Werkelijk?' Toine vouwde zijn handen als een driehoek onder zijn kin. 'Dat zal de politie vast interessante informatie vinden.'

'Zeker, behalve dan dat ze Lilly niet kunnen vinden.'

'Tja.' Toine trok zijn wenkbrauwen op. 'Laten we maar hopen dat de zaak alsnog wordt opgehelderd.'

Saar knikte en staarde naar de grond. Ze wist niet wat ze had verwacht, maar dit had geen zin.

'En wat ga jij nu doen?' veranderde Toine van onderwerp toen Saar er het zwijgen toe deed.

Saar trok met haar mond. Er ging van alles door haar hoofd, maar uiteindelijk haalde ze haar schouders op. 'Ik weet het niet. Op dit moment wil ik eigenlijk alleen maar weten wat er precies is gebeurd en hoe Niek betrokken is. Het is allemaal nog zo vaag.' Ze glimlachte even. Ergens in haar sluimerde nog de hoop dat er misschien toch een fout was gemaakt, al wist ze dat die kans veel kleiner was dan ze zichzelf toestond te beseffen.

Er was meer wat ze niet wist. Ze wilde naar huis, maar had het gevoel dat ze nog niet kon gaan. Niet zonder hem, alsof ze het nog aan hem verplicht was te wachten tot hij op een of andere manier mee kon. Zou hij worden overgeplaatst naar Nederland? Ze wist het niet. De advocaat zei dat de kans groot was dat hij zijn straf op de Antillen moest uitzitten. Moest ze dan blijven tot de rechtszaak? Dat kon lang duren. Ze wist ook niet waarom ze zou blijven. Als ze eerlijk was, wist ze dat alles voorbij was. Er was geen verplichting meer van haar aan Niek. Alles was verdwenen toen hij in die bizarre nacht besloot om het appartement te verlaten.

Heel even dacht ze aan het regelwerk dat haar thuis te wachten stond, maar die gedachten drukte ze snel weg. Het huis, alles wat ze samen deelden, de ontmanteling van een heel leven samen.

Toine stond op en kwam naast haar op de bank zitten. 'Als ik iets kan doen om je te helpen, wil ik dat je het zegt.'

Saar knikte en schoof onopvallend een stukje op. Hij zat te dichtbij, ze rook de alcohol in zijn adem. 'Dat zal ik doen', zei ze en overwoog om op te staan en plaats te nemen waar hij net had gezeten.

Ze deed het niet en had daar meteen spijt van toen hij zijn arm om haar heen sloeg. 'Ik meen het, Saar', zei hij, te dicht bij haar oor. 'Ik sta altijd voor je klaar.'

'Dank je.' Ze probeerde nog wat op te schuiven, maar Toines greep om haar schouders was te ferm. 'Ik waardeer het.'

'Ja.' Zijn stem was nu veel te dicht bij haar oor. Het leek alsof hij zijn gezicht in haar nek wilde begraven. Het volgende moment voelde ze zijn lippen op haar oorlel en met een ruk trok ze zich los en veerde overeind. Geschrokken keek ze hem aan.

'Toine, ik wil dit niet.'

'O, kom op.' Hij keek haar recht aan. 'Vanaf het begin is er al iets tussen ons, Saar. Jij en Niek, dat was al tijden over, dat zag ik meteen.'

'Wat?' Ze keek hem ademloos aan. 'Ik weet niet waar je het over hebt.'

'Zoals je naar me keek, toen op het strand. En daarna bij ons thuis. Waarom denk je dat ik jullie heb uitgenodigd? Doe maar niet alsof je het zelf niet wilde.' Hij kneep zijn ogen samen. 'Het is dat al dat gedoe tussendoor kwam, anders...'

Saar kon alleen maar naar hem staren met grote ogen. Ze hoopte met alles wat ze in zich had dat hij die zin niet zou afmaken.

'Ik wil dat je weggaat', zei ze toen gedecideerd. 'Ik weet niet waar je het over hebt. Ik wil niets met je.'

'Hou op, Saar.' Hij gooide zijn hoofd in zijn nek. Zijn uitroep klonk als een kreun. 'Als ik alleen al naar je kijk, word ik geiler dan iemand op dit eiland ooit is geweest.'

Het volgende moment was het alsof Saar zo'n harde dreun had gekregen dat alle lucht uit haar was geperst. Ze hapte piepend naar zuurstof en zoog uiteindelijk net genoeg naar binnen om niet om te vallen. 'Wat zei je?' bracht ze stamelend uit. Het was alsof er een waas voor haar ogen was verschenen. Ze kon niet meer nadenken. Toen ze begon te praten, was het meer tegen zichzelf dan tegen Toine. Ze had niet eens door dat ze het hardop uitsprak. 'Maar dat is wat Lilly...'

Te laat besefte ze dat ze een fout had gemaakt. Ze stokte midden in de zin en probeerde in te slikken wat ze al had uitgesproken. Ergens in haar hoofd kwam de hoop op dat Toine het niet had gehoord, maar de verandering in zijn blik maakte al duidelijk dat die hoop vals was. Hij kneep zijn ogen samen en zette een stap achteruit. Zijn mond was plotseling een vlakke streep. Saar slikte moeizaam. De stilte was zo zwaar dat ze opnieuw moeite had met ademhalen.

'Dus nu weet je het', zei Toine. Zijn stem was veranderd. Verdwenen was de warmte, de compassie. Er was kou voor in de plaats gekomen. IJzige kou die het bloed in Saars aderen deed stollen.

'Maar jij...' Haar mond was droog, haar stem krakend. 'Had jij...'

Toine kneep zijn ogen samen. Ze meende een moment van aarzeling te zien, maar daarna haalde hij kort zijn schouders op. 'Ja', zei hij, zijn wenkbrauwen licht gefronst. 'Wat Patrick en ik hadden, was heel erg bijzonder. Ik heb altijd van zowel mannen als vrouwen gehouden. Ik hou ook van Pauline, maar dat heeft hier niets mee te maken. Dat is heel iets anders. Met Patrick voelde ik me...' Hij staarde omhoog en maakte een handgebaar naar niets in het bijzonder. 'Eén, dat is het beste woord. Het ging zo diep, het was zo sensationeel. Ik wilde er niet mee stoppen, nooit meer.'

'Waarom vermoordde je hem dan?' Saar keek hem nu recht aan. Het was niet langer een vermoeden, ze was er honderd procent van overtuigd dat ze tegenover de dader stond.

Toine keek haar echter peinzend aan. 'Ik heb hem niet vermoord. Ik hield juist van hem.'

Saar probeerde uit alle macht om niet aan de whatsappberichten te denken. Die kwamen haar zo ranzig voor dat ze er misselijk van werd. Ze mocht zich nu niet laten meeslepen. 'Maar hij is dood', zei ze plompverloren. 'Dus iemand moet hem hebben vermoord en jij was die avond bij hem.'

'Ja.' Toine trok zijn wenkbrauwen nu hoog op. Hij slaakte een diepe zucht, alsof ze bij een lastig dossier waren aangekomen. 'Wat hij en ik hadden...' Hij schudde kort zijn hoofd. 'Ik wilde voor altijd bij hem zijn. Pauline en ik, dat is al lang over. Maar we komen niet van elkaar af. Het lukt gewoon niet.' Hij trok met zijn mond. 'Bij Patrick had ik gevonden waar ik mijn hele leven naar heb gezocht. Maar Pauline accepteerde dat niet.'

Saar hield haar adem in. Toine was ver weg in gedachten en keek haar niet meer aan. 'Het moment van de klap was het allerergste uit mijn leven', zei hij. 'Ik had hem net verteld dat wij samen verder zouden gaan. Dat we bij elkaar zouden blijven, wat er ook zou gebeuren. Ik wist dat Pauline het niet zou waarderen, en ook dat ze tot alles in staat was, maar dat gold voor mij inmiddels ook. Ik zou haar...' Hij rilde en schudde zijn hoofd. 'Maar toen kwam die klap.'

'Welke klap?'

'Waarmee ze alles kapotmaakte.' Er lag woede op zijn gezicht. 'Patrick had geen schijn van kans. Een honkbalknuppel, ik bedoel...' Hij slikte. 'Ze maakte alles kapot', zei hij nog maar eens.

Saar had moeite alles wat hij zei te vatten. 'Waarom belde je de politie niet?' vroeg ze maar.

'Dan hadden ze Pauline meegenomen. Dat kon niet. Ze zou alles hebben verteld.'

'Maar ze had het toch ook gedaan?'

'Alles wat wij samen hadden. Onze business. Ze zou het zo hebben gedraaid dat ik overal voor op zou draaien. Zelfs voor de moord, ik ken haar langer dan vandaag. We waren allebei alles kwijtgeraakt.'

Saar sloot even haar ogen. 'Maar wat heeft Niek hiermee te maken?' vroeg ze toen. 'Je had hem op dat moment pas één keer ontmoet.'

Toine viel stil toen zijn telefoon een geluid maakte. Vluchtig keek hij op het scherm, een moment lang schoof er iets over zijn gezicht dat Saar moeilijk kon duiden. Schrik, of op z'n minst ongemak. Daarna stond hij op en liep zonder iets te zeggen naar de deur. Saar keek met grote ogen toe. Het volgende moment kwam er een figuur de kamer binnen, die ze pas in tweede instantie herkende. De klik waarmee de deur in het slot viel, klonk als een kanonschot.

'Pauline', zei Saar schor.

Pauline reageerde niet. Ze stond daar maar, niet ver van

de deur en liet haar blik heen en weer gaan tussen Saar en Toine, alsof ze probeerde de situatie in te schatten. Saar slikte moeizaam en zei niets. Toine keek naar zijn vrouw en zweeg eveneens.

'Ik hoorde dat hij heeft bekend', verbrak Pauline uiteindelijk de stilte.

Saar knikte, Toine ook.

'Dat had je vast niet verwacht.'

Saar wist niet goed wat ze moest zeggen. De blik in Paulines ogen verraadde dat ze niet uit was op een praatje. Er was ook al weinig medeleven in te ontdekken. Saar zag vooral waakzaamheid.

Toch praatte ze mee. 'Nee', zei ze hoofdschuddend. 'Dat was het laatste wat ik had verwacht. Ik kan het nog steeds niet geloven.'

Het was te doorzichtig, ze was nooit een goede leugenaar geweest. Pauline grijnsde zonder enige vreugde op haar gezicht. 'Nee? Volgens mij heeft Toine je toch aardig bijgepraat.'

'Pauline, ik...' Saar ademde diep in. Ze kneep haar handen tot vuisten om het trillen tegen te gaan. 'Ik weet niet wat er is gebeurd, maar...'

'Je weet heel goed wat er is gebeurd, want Toine heeft het je net verteld.' Ze keek Saar nu recht aan. 'Hou je niet van de domme.'

Saar liet haar toneelspel varen. 'Hij heeft het verteld', zei ze.

Pauline reageerde amper. In plaats daarvan zei ze: 'Die jongen wilde veel te veel. Hij mocht Toine heus wel een keer hebben, en ook wel twee keer. Wij zijn geen beperkte denkers. Integendeel.' Ze grinnikte alsof ze een binnenpretje had. 'We hebben allebei zo onze pleziertjes. Apart, of met anderen.'

Saar dacht vluchtig aan de spiegel boven het bed en de dubbele douche in de badkamer. Het ongemakkelijke gevoel dat ze erbij had gekregen was dus toch terecht geweest.

Pauline zweeg even, alsof ze moest nadenken. 'Maar hij wilde meer dan hij mocht krijgen', ging ze uiteindelijk verder. 'Hij wilde iets wat van mij is. Ik deel, maar ik geef niet weg.'

Saar keek naar Toine, die erbij stond alsof het niet over hem ging. Ze richtte haar blik weer op Pauline. 'Maar Patrick...'

'Natuurlijk moest hij dood.' Ze bracht het als een luchtig feit, een vaststaand iets waarover je maar niet te veel moest nadenken. 'Toine is van mij en aan mijn bezit moet je niet komen. Het was zijn eigen schuld.' Op haar gezicht was geen spijt, maar kille berusting te lezen.

Pauline richtte haar blik nu op Saar. De ijzige kou die erin verscheen, maakte dat Saar geen moeite meer had te geloven dat Pauline er daadwerkelijk toe in staat was geweest. 'Ik had echt gedacht dat het niet nodig zou zijn', zei ze hoofdschuddend, alsof ze het nog steeds niet kon geloven. 'Ik dacht dat Toine had geleerd van de vorige keer. Hij is van mij. Wij samen tegen de wereld, dat is hoe het moet zijn. De vorige die daartussen probeerde te komen, is nog steeds aan het revalideren.'

Saar trok een rimpel in haar voorhoofd. 'Bedoel je...'

'Motorongeluk.' Ze kneep haar lippen op elkaar. 'Op de A27. Een klein tikje van de auto was genoeg. Maar het was beter dat we daarna vertrokken.'

De onverwachte emigratie, dacht Saar. Daar was de verklaring. Ze besloot maar gewoon geen antwoord te geven.

Pauline haalde diep adem. 'En nu dit weer.' Ze klonk plotseling als een toch al overwerkte accountant die de zoveelste fout in de boeken had ontdekt. 'En wie moet het weer oplossen?'

Saar wist niet goed wat ze moest zeggen, maar Pauline keek haar recht aan, alsof ze een antwoord verwachtte. Ze deed haar mond open, maar sloot hem weer.

'Pauline...' Toines stem was zacht. 'Is het echt...'

Op dat moment besefte Saar dat het niet langer over Patrick ging.

'Hou je mond', beet Pauline hem toe. 'Als jij er niet zo'n puinhoop van maakte, zou ik het niet elke keer hoeven opruimen. Hoewel het deze keer makkelijker is.' Ze keek Saar aan. Haar eigen woorden leken haar met oprechte blijdschap te vervullen. 'Het is natuurlijk niet moeilijk aan te nemen dat je het zo zwaar had dat je het allemaal niet meer zag zitten. Iedereen zal begrijpen dat deze klap na een toch al zware periode te veel voor je was en dat je geen andere uitweg zag dan je polsen doorsnijden.'

Nu pas merkte Saar dat Pauline al die tijd één hand achter haar rug had gehouden. Ze bewoog die hand nu naar voren, hij was gehuld in een zwarte handschoen. Saars blik viel op een groot stuk metaal. Het lemmet van het mes blikkerde in het lamplicht. Als in slow motion zag ze hoe de vrouw op haar af begon te lopen. Automatisch week ze achteruit, maar al haar ledematen voelden stijf. Een paar passen, toen hielden twee armen haar in een stalen greep. 'Het spijt me', zei Toine, en er klonk daadwerkelijk berouw in door. 'Maar het kan niet anders.'

'Nee!' riep Saar. Waar ze net nog het gevoel had gehad dat ze niet kon bewegen, vlogen haar armen en benen nu ineens alle kanten op. Ze vocht om los te komen, schopte naar achteren, beet in het luchtledige. Iedere vezel van haar lichaam streed mee. Pauline riep iets, Toine vloekte. Iemand pakte haar hand in een ferme greep, ze voelde het koude metaal tegen de dunne huid van haar pols drukken. Harder gilde ze, nog harder, maar ze wist dat ze deze strijd aan het verliezen was. Het laatste wat in haar oren doorklonk, was de doodsangst in haar eigen schreeuw.

Ze merkte niet dat er een enorme knal klonk, toen een kakofonie van mannenstemmen. Iemand schreeuwde, misschien was ze het opnieuw zelf wel. Het volgende moment verdween de klem om haar bovenlichaam. Ze viel naar achteren, knalde hard tegen de grond. Iemand trok haar overeind. Ze bleef vechten en schoppen. 'Je bent veilig', zei een man vlak bij haar oor. 'Je bent nu veilig.'

Twee paar sterke armen hielpen haar naar buiten. Saar keek naar de zwaailichten voor de deur, een bijna exacte herhaling van een paar dagen eerder. Iemand hielp haar de trap af, ze werd meegenomen naar de achterkant van het gebouw, waar het rustiger was. Een vrouwelijke agent kwam naar haar toe en vroeg of het ging. Saar knikte, al had ze geen idee wat het antwoord werkelijk was.

Het kostte haar een paar minuten om te beseffen wat er was gebeurd. De agente gaf haar water, waar ze van dronk alsof ze weken in de woestijn had gebivakkeerd. Twee politieauto's reden weg. Meer agenten kwamen naar haar toe. Ze knikte op al hun vragen. Ja, het ging wel. Ja, ze zou een verklaring afleggen. Ja, ze besefte wat er was gebeurd. Iemand hielp haar om plaats te nemen op de achterbank van een politieauto. Ze leunde naar voren, haar voorhoofd tegen de hoofdsteun van de passagiersstoel. In haar raasde een orkaan onverminderd voort.

Hoofdstuk 13

Zodra hij haar in het oog kreeg, verscheen er bezorgdheid in zijn blik. Hij schoof aan aan haar tafeltje. 'Hé', zei hij alleen maar, zijn stem klonk zacht.

'Hé.' Saar probeerde een glimlach, die maar half lukte.

'Wil je koffie?' Hij keek om zich heen, wenkte een serveerster en bestelde een cappuccino en een espresso. Het leek weken geleden dat ze in dezelfde koffietent hetzelfde bestelden. In werkelijkheid was het maar iets minder dan een etmaal geleden.

'Gaat het?' vroeg Stefan, toen de serveerster was weggelopen om de koffie te gaan halen.

Saar knikte langzaam. 'Ja, het gaat wel. Ik heb amper geslapen, maar daar kom ik wel weer overheen.'

'Je zult je wel rot geschrokken zijn.'

'Ja.' Ze keek op en ontmoette zijn blik.

'Ben je oké?' vroeg hij, en weer was er die bezorgdheid. 'Ben je gewond?'

Saar schudde haar hoofd. 'De politie kwam op tijd

binnen, net voor Pauline me iets kon aandoen. Ik moet op elke schouder minstens twee engeltjes hebben gehad.' Ze ging verzitten en sloeg haar benen over elkaar. Dat ging nog wat moeizaam, ze had spierpijn overgehouden aan de hachelijke avond. Even aarzelde ze, toen schraapte ze haar keel. 'Ik begreep dat jij de politie hebt verteld dat ik met Toine had afgesproken.'

Stefan wendde even zijn blik af. 'Ja. Ik had er geen goed gevoel over.'

Saar fronste. 'Ik begrijp dat niet helemaal. Wist je al dat Toine erbij betrokken was?'

'Nee, maar ik...' Hij haalde diep adem. 'Ik wist niet zeker of Lilly wel een vrouw was.'

Saar keek hem niet-begrijpend aan. 'Hoe bedoel je?'

De koffie werd gebracht en Stefan wachtte even. Toen de serveerster wegliep, keek hij Saar weer aan en begon te vertellen. 'Dat Patrick op zowel mannen als vrouwen viel, wist ik al langer. Hij had eigenlijk alleen maar lange relaties gehad met vrouwen, maar dat hij ook weleens iets met een man had gehad, had hij me verteld. Dus toen ik de berichten las die over en weer waren gegaan, dacht ik: dit zou net zo goed een man kunnen zijn.'

Saar sloot even haar ogen. Had ze niet goed opgelet, of had Stefan daar niets over gezegd? 'Dat laatste', zei hij. Zijn stem kreeg iets verontschuldigends. 'Toen we het erover hadden wie Lilly zou kunnen zijn, heb ik getwijfeld of ik het je zou vertellen. Maar ik wist niet...' Hij haalde kort zijn schouders op en leek zijn woorden met zorg te kiezen. 'Ik wist niet zeker of ik je kon vertrouwen. Voor hetzelfde geld speelde je onder één hoedje met Niek, om te kijken wat ik wist. Of met Toine, als hij ermee te maken had. Daarom wilde ik niet alles vertellen.'

'Dat begrijp ik', zei Saar. 'Ik vond het al heel wat dat je met me wilde afspreken.'

'Maar toen ik na ons gesprek erover nadacht, kon ik me eigenlijk niet voorstellen dat het zo zou zijn. Je was echt ontdaan door de arrestatie van Niek en toen je zei dat je ging proberen bij Toine uit te vinden wat hij wist, kon ik ook niet anders dan geloven dat je het meende.'

Hij pakte zijn kopje, bracht het naar zijn mond, maar nam geen slok. Even fronste hij, alsof hem iets te binnen schoot. Daarna zette hij het kopje toch maar aan zijn lippen.

'Ik bleef met een vreemd gevoel zitten. Ergens in mijn hoofd zat het idee dat het niet onlogisch zou zijn als Toine en Lilly dezelfde persoon waren. Het was de enige link tussen Patrick en Toine en Pauline die ik kon bedenken. Ik had dat al eerder tegen de politie gezegd, maar die vonden er geen aanwijzing voor. Na onze gesprekken ben ik opnieuw naar de politie gegaan en heb ik gezegd dat ik het op een of andere manier niet vertrouwde allemaal. Jij in je eentje, met Toine...' Hij glimlachte, maar zijn ogen deden niet mee. 'Eerst vonden ze het een gek verhaal, volgens mij. Maar ik drong aan dat ze toch gingen kijken, al was het maar voor mijn eigen gemoedsrust. Toen ze jou hoorden gillen, zijn ze binnengevallen.' Hij schudde kort met zijn hoofd. 'Ik moet er niet aan denken wat er anders...'

Er viel een stilte die niet onprettig was. Saar staarde uit het raam en zag een toeristenfamilie behangen met strandspullen voorbijlopen. Er viel een handdoek op de grond, die door de wind werd gegrepen, en de vader van het gezin ging er met een rood hoofd van de warmte achteraan. Ondanks alles moest ze glimlachen om de koddige aanblik van het tafereel.

'Weet je al wat je nu gaat doen?' vroeg Stefan.

Saar haalde diep adem. 'Ik wil naar huis', zei ze toen, uit de grond van haar hart. 'En daarna moet ik nadenken.'

'Dat begrijp ik.'

'En jij? Jij zou toch vandaag naar Nederland vliegen?'

Stefan schudde zijn hoofd. 'Het wordt hopelijk morgen of overmorgen. Er moet nog papierwerk in orde worden gemaakt voor het lichaam van Patrick naar Nederland kan worden gebracht.'

Saar keek hem aan. 'Wat een bizarre situatie. Ik kan nog steeds niet geloven waarin ik ben beland. En ik denk zomaar dat voor jou hetzelfde geldt.'

'Zeg dat wel.' Stefan wreef met beide handen over zijn voorhoofd. 'Ik ben voornamelijk aan het regelen. Dat Patrick er niet meer is, dat besef moet eigenlijk nog binnenkomen. En het verdriet ook. Ik denk dat dat pas gebeurt als ik thuis ben.'

Saar nam de laatste slok van haar koffie en stond op. Stefan volgde haar voorbeeld. Hij stak zijn hand uit en pakte even haar arm. 'Sterkte', zei Saar. 'Met alles.'

Even bleven ze zo staan. Toen boog Stefan zich voorover en nam afscheid met drie zoenen. Het volgende moment draaide hij zich om en liep de zaak uit. Saar staarde hem na, terwijl een onbestemd gevoel zich door haar lichaam verspreidde.

De advocaat was er al. In Saars hoofd kwam de volkomen irrelevante gedachte op dat de vrouw een grote hoeveelheid onberispelijke pantalons meegenomen moest hebben vanuit Nederland. Vandaag droeg ze een crèmekleurig exemplaar en een lichtblauwe blouse met korte mouwen. Toen ze Saar zag, stond ze op.

Ze schudden elkaar de hand. Carla van Twicht keek haar onderzoekend aan. 'Hoe gaat het?'

Saar knikte en glimlachte ferm. 'Het gaat', zei ze, en ging zitten op de bank tegenover de advocaat.

Ze hadden afgesproken in de lobby van het hotel waar Saar gisteravond laat een kamer had genomen, omdat ze geen seconde langer in het appartement wilde blijven. Het was rustig in de ruimte. Uit de speakers klonk zacht Caribische muziek en aan het plafond draaiden de fans hun rondjes.

'Je zult het misschien fijn vinden om te weten dat Pauline ook tegenover de politie heeft bekend dat zij de moord heeft gepleegd', zei de advocaat. 'Haar man heeft zijn betrokkenheid ook toegegeven. Beiden zitten nu voor in ieder geval een maand in voorlopige hechtenis.'

Saar knikte kort. Dat was natuurlijk goed om te weten, maar eigenlijk wilde ze niet te veel aan het tweetal denken. Pas later kon ze zichzelf daarvoor de tijd gunnen, voor nu raakte ze daarvan nog te veel van slag.

'En Niek?' vroeg ze daarom. 'Weet hij wat er is gebeurd?'

De advocaat knikte. 'Ik heb het hem verteld en hij is blij dat het op het nippertje goed is afgelopen. Ook had hij Toine en Pauline al eerder genoemd als de daders, maar daarvoor had de politie geen bewijs. Hij wist ook niet wie van hen de moord daadwerkelijk had gepleegd, omdat Patrick al dood was toen hij aankwam.'

Saar knikte kort. 'Maar ik begrijp nog steeds niet hoe hij erbij betrokken is geraakt.'

Carla van Twicht sloeg haar benen over elkaar. Ze gebaarde naar twee flesjes water die ongeopend op het lage tafeltje tussen hen in stonden. 'Wil je?'

Saar knikte en draaide een van de twee flesjes open. Terwijl ze een slok nam, luisterde ze naar wat de advocaat te vertellen had. 'Ik heb Niek uitgebreid gesproken', zei die. 'En ik heb hem gevraagd of ik dit met jou mocht delen.

Daarvoor heeft hij toestemming gegeven.' Ze wachtte even, maar Saar reageerde niet. In plaats daarvan keek ze de vrouw aan. 'Het verhaal blijkt al veel eerder te beginnen', zei de advocaat. 'Vorig jaar is Niek via via met Toine in contact gekomen. Hij had geld nodig en Toine heeft hem dat geleend.'

Saar trok haar wenkbrauwen op. 'Geld? Waarvoor?'

'Om in zijn bedrijf te investeren. De zaak liep minder goed dan hij zou willen en door te investeren in software en servers zou hij meer klanten kunnen krijgen. Maar die investering was nogal groot en dat geld had hij niet.'

'Om hoeveel ging het?' vroeg Saar met trillende stem.

'Vijftigduizend euro.'

Saar staarde de advocaat met grote ogen aan. 'Vijftigduizend?' vroeg ze, met nadruk op elke lettergreep.

'De bank wilde het hem niet geven, omdat hij al had geleend. Toine, die toen nog in Nederland woonde, zag er kennelijk wel een goede investering in. Hij leende Niek het geld tegen ongunstige voorwaarden: een hoge rente en met de bepaling dat hij een deel zou kunnen opeisen als hij het ineens nodig zou hebben. Maar dat zou niet gebeuren, had hij erbij gezegd.'

Ze wachtte weer even. Saar kneep haar ogen samen. 'Alleen gebeurde het wel?' zei ze, met een vermoeden hoe het verhaal verder zou gaan.

Carla van Twicht knikte. 'Toine en Pauline wilden ineens weg uit Nederland. Niek wist niet precies wat er was gebeurd, maar hij zei dat het iets te maken had met een affaire die Toine had gehad en de wraak die Pauline daarvoor had genomen. Hij noemde een auto-ongeluk, maar meer wist hij er niet van. In elk geval had Toine geld nodig voor de verhuizing naar Bonaire en wilde hij plotseling dertigduizend euro terug. Dat had Niek niet, maar hij kon het betalen met klusjes, zei Toine.'

Het duizelde Saar even. 'Dus dat wij naar Bonaire gingen...'

'Dat was geen toeval', knikte de advocaat. 'Toine had inmiddels de juiste contacten opgedaan om te zorgen dat iemand met een grote hoeveelheid cash in zijn bagage toch gewoon zou kunnen doorlopen, en dat was Nieks opdracht. In het huis van Toine en Pauline in Nederland lag nog twintigduizend euro, die Niek in zijn koffer meenam. Maar Toine had nog meer voor hem te doen. Eerst was er sprake van dat Niek pakketjes moest wegbrengen en in ontvangst moest nemen.'

'Pakketjes?' vroeg Saar.

'Drugs. Toine en Pauline blijken bepaald niet alleen van de strandfeesten te leven.'

Saar knikte langzaam. Dan had ze er met haar vreemde gevoel toch niet ver van af gezeten. Vluchtig dacht ze terug aan de snorkeltrip die ze met Toine en Pauline hadden gemaakt, de instructies van Toine hoe Niek het stuur moest vasthouden. Het was geen onbezorgde dag op het water geweest, verre van dat.

De advocaat keek nadenkend terwijl ze verder praatte. 'Maar toen Pauline Pauline Patrick had vermoord, bedacht Toine dat Niek de uitgelezen persoon was om het lichaam weg te werken. Hij zou nooit worden verdacht, was de redenering. Hij had geen enkele link met Patrick. En zo hielden Toine en Pauline alles vrij van hun eigen sporen. Maar Niek was zo bang en nerveus dat hij sporen achterliet in de auto, en toen werd hij gepakt.'

Saar nam nog een slok water en toen nog een, maar haar mond bleef droog. Ze had het nu ijskoud. Een windvlaag die voorbijgleed, deed haar zo lang huiveren dat ze bijna niet meer kon stoppen met rillen. Ze leunde achterover op de bank. De advocaat praatte verder, maar de woorden bereikten Saar niet meer. Het zoemde in haar hoofd. Alles wat ze net had gehoord galmde na. Het voelde alsof er letterlijk iets brak in haar. Nu pas besefte ze dat ze al die tijd nog hoop had gehad. Hoop dat alles toch berustte op een misverstand, een vlaag van verstandsverbijstering bij Niek. Dat zijn leugen minder groot zou blijken te zijn. Maar nu bleek het tegenovergestelde. De leugen was nog veel groter dan ze had gedacht. Dan ze ooit had kunnen vermoeden. En nog veel groter dan ze ooit zou kunnen vergeven.

Epiloog

Saar glimlachte toen een jonge serveerster een glas witte wijn voor haar neerzette. Ze was vroeg, meer dan twintig minuten voor de afgesproken tijd. Ze vond het fijn om alvast even te zitten, na te denken, tot zichzelf te komen. Ze had uitgekeken naar deze ontmoeting en tegelijkertijd vond ze het moeilijk. Er was zoveel gebeurd in de tussentijd.

Het was nu op de dag af vier maanden geleden dat ze uit Bonaire was teruggekeerd. De eerste weken had ze geleefd onder een stolp van verdriet, verwarring, woede en regelzucht. Soms was er een totale reddeloosheid over haar gekomen, dan weer had ze periodes gehad van dadendrang. Alles afvinken van de enorme to-dolijst. Dat gaf haar dan een goed gevoel. Boven alles had ze ontdekt hoeveel ontzettend lieve mensen ze om zich heen had. Hulp en steun uit verwachte maar ook zeker uit onverwachte hoek. Ze glimlachte kort. Een van die mensen zou ze vandaag ontmoeten, nadat ze eerder contact hadden gehad via whatsapp en soms telefonisch.

Ze liet haar gedachten weer over de voorbije maanden dwalen. Niek had ze nog één keer, via de telefoon, gesproken. Ze wilde niets meer met hem te maken hebben, maar ze moest het voor haar eigen verwerking een keer van hemzelf horen. Hij had alles bevestigd, iedere letter die de advocaat al had verteld. De schulden, de klussen, het moeras waarin hij steeds verder was weggezakt met het telefoontje van Toine op die zwarte avond als gevolg – alles was waar. Saar had hem aangehoord en aan het einde van het gesprek had ze simpelweg opgehangen. Daarna was ze gaan hardlopen, urenlang, tot haar spieren schreeuwend protesteerden.

De rechtszaak moest nog komen, maar Niek kon rekenen op meer dan een jaar, had ze begrepen. Toine hing een soortgelijke straf boven het hoofd, Pauline natuurlijk veel meer. Niek zou zijn straf op de Antillen moeten uitzitten.

Toen Saar dat alles had gehoord, had het haar eigenlijk niet geraakt. Niek en zij bestonden niet meer, hij was een figuur uit haar verleden en zo wilde ze hem ook zien. Voor nieuws over hem of zijn zaak schermde ze zichzelf bewust af.

Saar keek naar buiten, waar een waterige voorjaarszon z'n best deed de wereld wat lichter te maken. Ergens in zich voelde ze de zwaarte die er altijd was, al begon die de laatste weken wat in gewicht af te nemen. Het regelwerk begon op z'n einde te lopen, het huis stond inmiddels op haar naam. Misschien zou ze het verkopen en alsnog de stad uit gaan, dat wist ze nog niet. Haar leven alleen had in elk geval z'n aanvang genomen en ze merkte tot haar eigen verbazing dat het haar goed af ging. Ze werkte veel, maar vond het ook niet vervelend om in haar eentje thuis te zijn. Soms, als ze 's nachts niet kon slapen, kwam alles terug, maar de laatste weken waren die doorwaakte nachten eigenlijk niet meer voorgekomen. Dat ze vrijwel meteen nadat ze uit Bonaire was teruggekeerd een goede psycholoog had gezocht, hielp ook. Die had haar laten inzien dat het geen enkele zin had om zichzelf verwijten te maken. Het was niet haar schuld, ze had de dood van Patrick niet kunnen voorkomen en ze had niet kunnen weten welk gevaarlijk spel Niek had gespeeld. Uitgerekend haar schoonvader had bijgedragen aan dat inzicht, door zich te storten op de wirwar van financiële ellende waar Niek zijn bedrijf in was beland. De constructie van de lening was helemaal afgeschermd, had hij haar verteld. Dat besef deed Saar goed, het hielp haar om niet alles op zichzelf te betrekken.

Ze nam een slokje van haar wijn en keek op haar horloge. Nog vijf minuten tot de afgesproken tijd. Ze staarde naar buiten. Haar ogen registreerden hem eerder dan haar hersenen, en automatisch miste haar hart een slag. Ze ging rechtop zitten en zag door het raam hoe hij zijn hand op de deurklink legde.

Het volgende moment stond hij in de zaak en keek zoekend om zich heen. Saar stak kort haar hand op en hij glimlachte, waarbij zijn ogen even oplichtten. Ze stond op. Automatisch begroetten ze elkaar met drie zoenen voor ze gingen zitten. Hij bestelde een biertje.

Net toen Saar vreesde voor een ongemakkelijk moment van stilte, begon hij te praten. 'Fijn om je te zien, Saar.'

'Hoe gaat het?' vroeg ze, hoewel ze elkaar de laatste tijd op de hoogte hadden gehouden.

'Ja.' Hij knikte even. 'Goed. Onder de omstandigheden. We hebben Patricks spullen opgeruimd. Dat was moeilijk, maar het was goed om dat te doen.'

Saar knikte. Een paar keer had Stefan via whatsapp iets gedeeld dat hij was tegengekomen en dat hem dan aan het lachen of juist aan het huilen had gemaakt. Ze vroeg hoe het met zijn ouders ging en hij vertelde hoe moeilijk het voor hen was. Uiteindelijk keek hij haar aan.

'En jij?' vroeg hij, en Saar deed haar best zo goed mogelijk een antwoord te formuleren.

'Het is ingewikkeld', zei ze uiteindelijk, aan het einde van haar relaas. 'Maar dat geldt voor jou vast ook.'

Hij knikte. De serveerster vroeg of ze nog iets te drinken wilden, en Saar keek verbaasd naar haar lege glas. Op haar horloge zag ze dat er al een halfuur was verstreken sinds Stefan er was. Ze had het helemaal niet gemerkt.

Ze bestelden nog een ronde en daarna keken ze elkaar aan. Stefan leunde naar voren. Zijn hand lag plotseling warm op de hare. Hij keek haar aan. 'De omstandigheden konden beter', zei hij, met ironie in zijn blik. 'En ik verklaar mezelf ook de hele tijd voor gek. Maar ik ben blij dat ik je heb leren kennen. Ik heb veel aan je gedacht, de afgelopen tijd.'

Saar slikte, wendde haar blik af en keek hem toen weer aan. Ze voelde haar hart bonken en knikte een paar keer. 'Ik hoop dat we elkaar nog een keer zullen zien', zei ze toen, maar meteen vond ze haar eigen woorden stom. 'Eigenlijk hoop ik dat heel erg', voegde ze er daarom aan toe. Ze sloeg haar ogen neer, maar keek hem meteen daarna weer recht aan. In Stefans blik zag ze haar eigen gevoel precies weerspiegeld. Ze zouden elkaar weer zien, natuurlijk. En deze keer zou het zeker geen maanden duren. Hij glimlachte even en kneep voorzichtig in haar hand. Geen van beiden zei iets en dat was ook niet nodig.

'*Zomernacht* is een fantastisch boek om te lezen. De spanning is goed opgebouwd, waardoor het een echte pageturner is.' – *Chicklit.nl*

'*Casa Ibiza* is een heerlijk vakantieboek waarmee je direct in de juiste modus zit.' – *Vrouwenthrillers.nl*

'*Piste Alarm* is een echte vrouwenthriller, geschreven in een vlotte stijl en vol emoties. En tegen het einde zelfs superspannend!' – *Hebban.nl*

'Linda van Rijn heeft een schrijfstijl die de lezer aan het boek geboeid houdt. *Zomerhuis* zorgt voor uren puur leesplezier.' – *Vrouwenthrillers.nl*

'*Winterwereld* is een perfect vakantieboek.' – *Chicklit.nl*

'*Vive la France* is een superspannende pageturner. Een aanrader voor de vakantiekoffer.' – *Vrouwenthrillers.nl*

'*Villa Toscane* is een heerlijke zomerthriller, en ook ditmaal schoof ik langzaam naar het puntje van mijn strandstoel.' – *Flair*

'Door de vaart, de onderhuidse spanning, maar ook door de menselijke keuzes van de hoofdpersoon in *Last Minute* blijf je 'hooked' aan dit boek.' – *Hebban.nl*

'*Winterzon* heeft een verrassende twist in het verhaal. Linda van Rijn laat hiermee duidelijk blijken dat haar koffer met onderwerpen voor nieuwe thrillers nog lang niet leeg is.' – *Chicklit.nl*

Andere thrillers van Linda van Rijn

Zomernacht
Casa Ibiza
Winterwereld
Zomerhuis
Winterzon
Zeezicht
De Jaarclub
Villa Toscane
Ski Resort
Vive la France
Off Piste
Viva España
Winter Chalet
Blue Curaçao
Piste Alarm
Last Minute
Voetbalvrouwen
Vakantievrienden

Colofon

Redactie: Karin Dienaar
Omslagontwerp: Riesenkind
Omslagbeeld: Getty Images | Charlotte Trotman
Zetwerk: Studio Marian Akkermans
Druk: Wilco

Eerste druk oktober 2018

ISBN 978 94 6068 411 1
E-ISBN 978 94 6068 761 7
NUR 305

Uitgeverij Marmer BV
De Botter 1
3742 GA BAARN
T: +31 649881429
I: www.uitgeverijmarmer.nl
E: info@uitgeverijmarmer.nl

www.lindavanrijn.nl
@lindavanrijnthrillers